Diogenes Taschenbuch 25089

de
te
be

CHARLES LEWINSKY, 1946 in Zürich geboren, ist seit 1980 freier Schriftsteller. International berühmt wurde er mit seinem Roman *Melnitz*. Er gewann zahlreiche Preise, darunter den französischen Prix du meilleur livre étranger sowie den Preis der Schillerstiftung. Sein Werk erscheint in 14 Sprachen. Als wohltrainierter Großvater glaubt er zu wissen, was sich Kinder gern erzählen lassen. Charles Lewinsky lebt im Sommer in Vereux (Frankreich) und im Winter in Zürich.

JULIAN MEYER, geboren 1983 in Bomlitz, Niedersachsen, war Tischler, bevor er Illustration in Münster studierte. Seit 2017 arbeitet Julian Meyer freiberuflich als Illustrator. Er ist Vater einer Tochter und lebt in Hamburg.

Charles Lewinsky

Einmal Erde und zurück

Mit Illustrationen von
Julian Meyer

Diogenes

Die Originalausgabe
erschien 2007 im Atlantis Verlag, Zürich

Die vorliegende Ausgabe wurde
von Julian Meyer neu illustriert
Die Erstausgabe erschien 2019 im Diogenes Verlag
Covermotiv: Illustration von Julian Meyer

Veröffentlicht als Diogenes Taschenbuch, 2024

www.diogenes.ch
20/24/852/1
ISBN 978 3 257 25089 3

Inhalt

Jemand fällt mit der Tür ins Haus

Am Tag, an dem ich das alte Kind kennenlernte, versuchte ich mir eine Geschichte auszudenken. Es fiel mir nur keine ein. Und deshalb kaute ich auf meinem Bleistift herum. Das tue ich immer, wenn mir nichts einfällt. Also eigentlich dauernd.

Ich kaute und kaute, und plötzlich sagte eine Stimme: »Darf ich auch einmal probieren, bitte?«

Ich biss mir auf die Zunge. Vor Schreck. Weil ich nämlich allein in meinem Zimmer war, und wenn man allein ist, sollte es keine Stimmen geben, die einen solche Sachen fragen. Wenn man allein ist, sollte es überhaupt keine Stimmen geben.

Ich biss mir also auf die Zunge und machte: »Aua!« Und die Stimme fragte: »Heißt das Ja oder Nein?«

Es war eine Kinderstimme, aber ich hätte nicht sagen können, ob sie zu einem Jungen oder zu einem Mädchen gehörte. Das war mir in dem Moment auch völlig egal, denn in meinem Zimmer durfte es weder ein Mädchen noch einen Jungen geben. Weil ich nämlich jedes Mal die Tür abschließe, bevor ich mich an meinen Computer setze. Damit mich niemand stört, wenn mir gerade eine Geschichte einfällt. Und schon gar nicht, wenn mir keine einfällt.

Aber da *war* jemand in meinem Zimmer. Oder, genauer gesagt: Da war jemand halb in meinem Zimmer. Dieser Jemand hatte einfach seinen Kopf durch die Tür gesteckt. Durch die geschlossene Tür, wohlgemerkt. Durch die geschlossene Tür, in der kein Loch war. Da war ein Kopf, und der Kopf sagte: »Du gibst mir ja überhaupt keine Antwort.«

Ich sagte: »Grrglgmpf«, oder was man eben so sagt, wenn man sich gerade vor Überraschung verschluckt hat.

»Komisch«, sagte der Kopf. »Das steht nicht in meinem Wörterbuch.«

»Was?«

»Grrglgmpf.«

»Das ist ja auch kein Wort!«

»Du hast es aber gerade gesagt.«

»Ich habe mich nur verschluckt.«

»Das kann nicht sein«, sagte der Kopf.

»Wieso nicht?«

»Du bist noch da. Wenn du dich verschluckt hättest, müsstest du verschwunden sein.«

»Ich habe doch nicht *mich* verschluckt!«

»Sondern?«

»Niemanden!«

»Du hast aber gesagt –«

Wenn Erwachsene nicht weiterwissen, werden sie laut. Also fing ich an zu schreien.

»Wie bist du hier hereingekommen?«, schrie ich.

»Durch die Tür«, sagte der Kopf. »Das siehst du doch.«

»Das geht aber nicht!«

»Dann muss ich etwas falsch verstanden haben. In meinem Reiseführer steht, dass man in diesem Land durch die Tür hereinkommt.«

»Aber doch nur, wenn man sie vorher aufgemacht hat!«

»Aufmachen?«, sagte mein seltsamer Besucher. »Das ist ja sehr umständlich. Aber wenn das hier so üblich ist …«

Und damit zog sich der Kopf zurück. War einfach verschwunden. Da schaute ein Kopf durch meine Tür – und im nächsten Moment war er weg. Als ob er nie da gewesen wäre. Ich war erleichtert, aber nicht sehr lange. Denn jetzt machte mein Gast die Tür auf. Auf sehr ungewöhnliche Weise. Wie man das richtig anstellt, hatte wohl auch nicht in seinem Reiseführer gestanden.

»Jemand fällt mit der Tür ins Haus«, sagt man.

Genauso war das. Es krachte, der Türrahmen splitterte, und dann lag die Tür mitten in meinem Arbeitszimmer auf dem Boden. Ein Kind, das ich noch nie gesehen hatte – oder von dem ich doch bisher nur den Kopf gesehen hatte –, spazierte über die kaputte Türe wie über einen Teppich ins Zimmer herein und fragte: »Darf ich jetzt einmal abbeißen?«

»Wovon?«

»Von deinem Bleistift«, sagte das Kind. »Der schmeckt sicher sehr gut.«

»Bleistifte kann man nicht essen!«

»Warum kaust du dann darauf herum?«

»Das geht dich überhaupt nichts an!« Wenn Erwachsenen keine vernünftige Antwort einfällt, sagen sie gern: »Das geht dich überhaupt nichts an!«

Das Kind dachte kurz nach. »Wahrscheinlich hast du deinen Bleistift nicht lang genug gekocht«, sagte es dann und nickte. »Darum ist er noch hart, und du musst furchtbar lang darauf herumkauen.«

»Ich koche meine Bleistifte nicht!«

»Dann darfst du dich nicht wundern, wenn sie hart bleiben.«

»Was fällt dir eigentlich ein …?«

»Mir fällt eine Menge ein«, sagte das Kind. »Das finde ich praktisch. Wenn einem viel einfällt, wird einem nicht langweilig.«

»Was fällt dir eigentlich ein, hier einfach hereinzukommen, ohne auch nur Guten Tag zu sagen?«

»Ach so, natürlich«, sagte das Kind. »Das habe ich ganz vergessen. Hier bei euch macht man das ja so.«

Und damit schraubte es seine rechte Hand vom Arm ab, als ob Hände-Abschrauben das Natürlichste von der Welt wäre, und streckte sie mir hin.

Hielt mir einfach seine abgeschraubte Hand vor die Nase.

»Guten Tag«, sagte das Kind.

Ich erschrak so furchtbar, dass meine Zähne aufeinander klapperten und ich nur noch stottern konnte.

»Wa… wa… wa… wa…«, sagte ich.

»Wie bitte?« sagte das Kind.

»Wa… wa… wa…«

»Das sagtest du schon.«

»Wa… wa… was machst du da?«

»Ich gebe dir die Hand. In meinem Reiseführer steht, dass das bei euch so üblich ist.«

»Aber doch nicht so!«

»Hätte ich sie vorher einpacken müssen? Mit einer bunten Schleife drum rum?«

»Nein!«

»Warum nimmst du sie dann nicht?«

»Ich will deine Hand nicht haben!«

»Nimm nur. Ich hab noch mehr davon. Ich hab einen ganzen Koffer voller Hände mitgebracht.«

Ich versuchte, ganz ruhig zu bleiben, was mir nicht wirklich gelang. Ein Koffer voller Hände – das war eine ziemlich gruslige Vorstellung.

»Pass auf!«, sagte ich. »Man sagt zwar, dass man sich die *Hand* gibt. Aber man meint damit doch nicht, dass man sich die Hand *gibt*!«

»Das ist nicht logisch«, sagte das Kind. »Entweder man gibt sie, oder man gibt sie nicht.«

»Man streckt sie dem andern nur hin.«

»Das tu ich doch.«

»Ohne sie vom Arm abzumachen!«

»Interessant«, sagte das Kind, schraubte seine

Hand wieder am Gelenk fest und streckte sie mir hin. »Guten Tag!«

Beim Händeschütteln stellte es sich so ungeschickt an, als ob es das zum allerersten Mal in seinem Leben täte. Und genau so war es ja auch. Nur wusste ich das in diesem Moment noch nicht.

»Ich muss mir das alles merken«, sagte es. »Also, wie war das schon wieder? Die Tür lässt man dran, und die Hand macht man auf. Nein, umgekehrt: Die Hand lässt man dran, und die Tür macht man auf.«

»Aber man macht sie nicht kaputt! Jetzt muss ich extra einen Schreiner kommen lassen, der sie repariert.«

»Wieso einen Schreiner?«, sagte das Kind. »Wenn du deine Tür wieder so haben willst, wie sie vorher war, dann kann *ich* das ja machen.« Es wedelte mit der Hand – aber vielleicht bildete ich mir auch nur ein, dass die Bewegung etwas damit zu tun hatte –, und die Tür hob vom Fußboden ab und schwebte in die Höhe. Sie schwankte ein bisschen hin und her, wie ein Ruderboot auf einem See. Das Kind musste die Arme ausstrecken, um das Gleichgewicht zu halten. Dann drehte es seine Hand um – diesmal war ich ganz sicher, dass es etwas damit zu tun hatte –, die Tür kippte in die Senkrechte, die herausgerissenen Türangeln sprangen ins Holz zurück, die Tür hängte ein, fiel mit einem Klack! ins Schloss, und alles war wieder wie vorher.

Fast alles.

»Ich habe auch gleich die Stelle repariert, wo es im Winter immer so zieht«, sagte das Kind. »Ich hoffe, es ist dir recht.«

»Woher wusstest du …?«

»Die Tür hat mich darum gebeten. Wenn es so kalt untendurch bläst, kriegt sie immer Astlochbeschwerden.«

Ich brachte vor Verwunderung kein Wort heraus, saß mit offenem Mund da und hatte die Augen weit aufgerissen. Wahrscheinlich sah das ziemlich doof aus, aber so kam ich doch wenigstens dazu, mir meinen Besuch einmal gründlich anzusehen.

Ein besonders schickes T-Shirt

Auf den ersten Blick war es ein Kind wie alle anderen. Kurze Haare, nicht blond, nicht schwarz, nicht braun. Eine unauffällige Zwischendurch-Farbe. Erst nach ein paar Wochen merkte ich, dass auch diese Haare ungewöhnlich waren. Das Kind musste nämlich nie zum Friseur. Seine Haare wuchsen nicht, sondern blieben immer gleich lang. Das sei praktischer, meinte es.

Das Kind war ganz normal angezogen. Jeans und T-Shirt. So wie es Tausende von Kindern tragen.

Nur …

Wenn man genauer hinschaute, war mit dem T-Shirt etwas nicht in Ordnung. Es war mit einer Zeichnung unseres Sonnensystems verziert. In der Mitte die Sonne und ringsherum als goldene Kugeln die Planeten. Und das Besondere daran …

»Die Planeten bewegen sich ja!«, rief ich.

»Natürlich«, sagte das Kind. »Sie drehen sich um die Sonne. Hast du das nicht gewusst?«

»Die Planeten auf deinem T-Shirt, meine ich!«

»Die müssen sich doch bewegen. Sonst wären sie ja ständig am falschen Ort. Und man würde sich verfahren, wenn man das T-Shirt als Straßenkarte benutzt.«

Ein T-Shirt?

Als Straßenkarte?

»Für welche Straße denn?«

»Die Milchstraße natürlich«, sagte das Kind. »Wie hätte ich euren Planeten sonst finden sollen?« Es zeigte auf sein T-Shirt, wo gerade wieder eine der kleinen goldenen Kugeln einen ganz winzigen Ruck vorwärtsmachte. »Hier beim Mars muss man links abbiegen, und dann geht es immer geradeaus.«

Ja, ja, ich weiß. Ihr habt schon lange gemerkt, was los war. Aber ihr seid ja auch Kinder, und ich bin nur ein Erwachsener. Ich brauchte ein ganzes Weilchen, bis ich begriffen hatte, was euch natürlich von Anfang an klar war:

Dieses Kind kam von einem anderen Planeten. Aus einem anderen Sonnensystem. Von irgendwo ganz weit weg im Weltraum.

(Und sagt jetzt bitte nicht, dass so etwas nur in Büchern vorkommt. Das hier ist schließlich ein Buch. Oder etwa nicht?)

Es hatte sich in ein Raumschiff gesetzt und war hierhergeflogen. Ich konnte mir das zwar nicht

wirklich vorstellen, aber die Dinge, die man sich nicht wirklich vorstellen kann, sind immer die interessantesten.

Ein Kind von einem anderen Planeten war auf die Erde zu Besuch gekommen, und bei wem hatte es angeklopft? Na ja, nicht wirklich angeklopft. Bei wem hatte es den Kopf durch die Türe gesteckt?

Beim Präsidenten von Amerika?

Beim Generalsekretär der UNO?

Beim Papst?

Nein, bei mir!

Aber warum?

»Hattest du einen bestimmten Grund, ausgerechnet zu mir zu kommen?«, fragte ich.

»Klar«, sagte das Kind. »Vierhundertneunundneunzig.«

»Gründe?«

»Schritte. Nach der Landung bin ich die Straße entlanggegangen und habe meine Schritte gezählt. Als ich so viel Schritte gemacht hatte, wie ich Jahre alt bin, habe ich angehalten und bin ins nächste Haus hineingegangen.«

»Du bist doch nicht vierhundertneunundneunzig Jahre alt!«

»Nicht genau natürlich«, sagte das Kind. »Sonst hätte ich ja heute Geburtstag. Aber für die Monate und Wochen und Tage und Stunden und Minuten

Naturkundelehrbuch für die 64. Klasse

17. Kapitel

Wer einen neuen Menschen in die Welt bringen will, der sucht sich einen reifen Barati-Kürbis, pflückt ihn sorgfältig vom Stiel und legt ihn in die warmen Strahlen der roten Sonne. Schon nach etwa einem Monat, also nach rund 80 Tagen, zeigen sich erste Sprünge in der Schale des Kürbisses.

Von diesem Zeitpunkt an sollte man ihn nie mehr alleinlassen, damit sich der neue Mensch nach seinem Ausschlüpfen nicht einsam fühlt.

Neu geschlüpfte Menschen nennt man Erwachsene. Man sollte ihnen beim Ausschlüpfen nicht helfen, auch wenn sie sich noch so ungeschickt anstellen. Es tut ihnen gut, wenn sie schon früh versuchen müssen, ein bisschen selbständig zu sein.

In den ersten Lebensjahren sind Erwachsene noch sehr dumm und hilflos. Es ist aber unhöflich, sie deshalb auszulachen. Wir sollten nie vergessen, dass wir alle einmal Erwachsene waren, bevor wir Kinder wurden.

und Sekunden müsste man immer kleinere Schritte machen, und das wäre ein bisschen umständlich.«

»Du bist doch nicht mehr als zwölf«, sagte ich. »Dreizehn allerhöchstens.«

Das Kind schüttelte ganz beleidigt den Kopf. »Mit dreizehn wäre ich ja noch ein Erwachsener«, sagte es. »Und Erwachsene würde man nie ganz allein eine so weite Reise machen lassen. Oder nur in Begleitung eines Kindes. Auf meinem Planeten«, erklärte mir das alte Kind, »ist es nämlich so ...«

Vierhundertneunundneunzig Jahre alt.

So ein Quatsch.

»Was soll das für ein Planet sein?«, fragte ich. »Warum habe ich noch nie von dem gehört? Und was willst du von mir?«

»Das finde ich gut«, sagte das alte Kind.

»Was?«

»Dass du so viele Fragen stellst. Das ist ein Zeichen von Intelligenz. Klackmampfen zum Beispiel, die fragen nie etwas.«

»Klackmampfen? Was soll jetzt das schon wieder sein?«

»Ein Gemüse. Rosarote Kugeln. Sie schmecken gut, aber sie sind ein bisschen dumm.«

»Moment«, sagte ich. »Ganz langsam! Klackmampfen sind ein rosarotes Gemüse, das keine Fragen stellt?«

Das Kind nickte.

»Das ist totaler Unsinn! Und überhaupt: Warum sollte ein Gemüse Fragen stellen?«

»Zum Beispiel um zu erfahren, wann es gegessen wird. Das weiß man doch gern.«

»Hör auf mit dem Quatsch! Ich will jetzt endlich eine Antwort auf meine Frage.«

»Auf welche? Du hast mehrere gestellt.«

»Auf alle!«

»Gleichzeitig?«

»Eine nach der anderen natürlich.«

»Augenblick«, sagte das Kind. »Ich hör mal schnell nach, was du zuerst gefragt hast.«

Es machte eine Handbewegung, die war so schnell, dass es aussah, als ob seine Finger Klavier spielten. Und zwar auf einem Klavier mit ganz vielen zusätzlichen Tasten. Und dann hörte ich eine Stimme sagen: »Was soll das für ein Planet sein? Warum habe ich noch nie von dem gehört? Und was willst du von mir?«

Es war meine Stimme.

Als käme sie von einem Tonband.

Nur dass da nirgends ein Tonband war.

»Was war das?«

»Das ist schon wieder eine neue Frage«, sagte das Kind. »Welche willst du zuerst beantwortet haben?«

»Ich will wissen, was du da gerade gemacht hast!«

»Nichts Besonderes«, sagte das Kind und sah mich an wie einen Schüler, dem man die einfachsten Dinge erklären muss. »Ich habe nur die Zeit rückwärtslaufen lassen, um deine Frage noch einmal zu hören.«

»Die Zeit rückwärts …?«

»Kannst du das nicht? Bei uns kann das jedes Kind.«

»Ich bin kein Kind! Ich bin erwachsen!«

»Daran wird's liegen.«

»Die Zeit rückwärtslaufen lassen – das geht überhaupt nicht!«

»Das war jetzt nicht sehr intelligent«, sagte das alte Kind. »Du hast doch gerade gesehen, dass es geht. Pass auf, ich zeig dir's noch mal.«

Es machte wieder diese schnelle Handbewegung, und meine eigene Stimme wiederholte: »Was soll das für ein Planet sein? Warum habe ich noch nie von dem gehört? Und was willst du von mir?«

»Jetzt bekommst du deine Antworten«, sagte das Kind. »Der Planet, von dem ich rede, ist mein Planet. Du hast noch nie davon gehört, weil ihr hier auf der Erde nicht sehr viel von der Welt wisst. Und was ich von dir will, ist ganz einfach: bei dir einziehen.«

»Einziehen???« Drei Fragezeichen reichen gar nicht aus, um zu zeigen, wie überrascht ich war. Eigentlich müsste hier stehen: »Einziehen?????????? ????????« Oder sogar: »Einziehen???????????????? ?????????????????????????«

»Ja«, sagte das Kind.

»Du meinst: für immer?«

»Wie lang ist immer?«

Schlafen ist gar nicht so einfach

Es ist natürlich doch eingezogen.

Ich sagte zwar »Nein!« und »Auf gar keinen Fall!« und »Das kommt überhaupt nicht in Frage!«, aber das nützte alles nichts. Nein, es könne nirgends anders wohnen, es sei nun einmal vierhundertneunundneunzig Jahre alt und habe deshalb exakt vierhundertneunundneunzig Schritte machen müssen, die hätten es von seinem Raumschiff bis vor meine Haustür geführt, und deshalb …

»Und wo ist denn nun dieses Raumschiff?«, unterbrach ich. »Wenn diese verrückte Geschichte wahr sein soll – dann zeig es mir doch!«

»Das kann ich nicht«, sagte das Kind.

»Aha!«

»Gar nichts aha. Es ist natürlich weitergeflogen. Wenn du mit dem Bus irgendwo hinfährst, bleibt der ja auch nicht vor deiner Haustür stehen und wartet auf dich.«

»Ein Raumschiff ist kein Bus!«

»Zum Glück«, sagte das Kind. »So viele Lichtjahre lang auf einer harten Bank sitzen, da würde einem der Hintern ganz schön weh tun.«

Und damit hatte es nicht ganz unrecht.

»Wenn man aus dem Raumschiff ausgestiegen ist«, erklärte es mir, »dann muss man genau so viele Schritte gehen, wie man Jahre alt ist, und wo man dann ankommt, dort muss man bleiben. Alles andere wäre geschummelt. Und das darf man nicht bei Hausaufgaben.«

Hausaufgaben.

Dieses Kind war vierhundertneunundneunzig Jahre alt und ging immer noch zur Schule. Und wenn ihr jetzt denkt: Da muss es aber ganz schön oft sitzengeblieben sein, dann täuscht ihr euch. Auf dem Planeten der alten Kinder kommt man ja nicht mit sechs Jahren in die erste Klasse, auch nicht mit sieben oder acht, sondern viel später. Sehr, sehr viel später. Erst dann, wenn man kein Erwachsener mehr ist, sondern endlich ein Kind. Ich habe allerdings nie herausfinden können, wie lange dort die Schulpflicht dauert. Das Kind hat einmal etwas von siebenundsiebzig Jahren erzählt, aber das scheint mir dann doch ein bisschen übertrieben. Aber lang sitzt man dort auf jeden Fall auf der Schulbank. Wenn man ein paar Hundert Jahre alt wird, hat man es nicht eilig.

Im Abschluss-Schuljahr muss jedes Kind eine

Hausarbeit in Völkerkunde schreiben. Dazu gehört, dass man einige Wochen als Forscher bei einem primitiven Volksstamm lebt und ihn beobachtet. Und dieser primitive Volksstamm, das waren jetzt eben wir. Wir komischen Wesen mit den zwei Beinen und der Hand, die man sich gibt und trotzdem dranlässt.

Wir Menschen.

»Die Reiseziele werden ausgelost«, erklärte mir das alte Kind. »Ich hatte Pech und habe nur die Erde gezogen. Dabei wäre ich viel lieber zum Planeten Klipperkamp gefahren. Dort haben die Leute zwei Köpfe, und das ist viel weniger langweilig. Wenn der eine schläft, kann man sich mit dem andern weiter unterhalten.«

Ich war ein bisschen beleidigt, dass wir hier auf der Erde nicht mehr als ein Tombolagewinn sein sollten, und nicht einmal ein sehr begehrter, und sagte deshalb ganz spitz: »Vielleicht haben die Leute auf dem Planeten Klipperkamp ja auch alle zwei Schlafzimmer. Damit sie jederzeit Gäste wie dich aufnehmen können. Ich hab aber nur eines. *Ein* Schlafzimmer und *ein* Bett. Und deshalb ist es absolut unmöglich, dass du bei mir …«

»Ich brauche kein Bett«, sagte das Kind.

»Und wie willst du schlafen?«

»Ich schlafe nicht. Auf meinem Planeten bleibt

man lieber wach. Man könnte sonst einen Traum verpassen, und das wäre Verschwendung.«

»Wenn man nicht schläft, träumt man doch gar nicht!«, sagte ich mit meiner erwachsensten Erwachsenenstimme.

Das Kind sah mich nur an und staunte. »Ist das bei euch so? Das ist ja sehr unpraktisch. Wenn man wach ist, kann man sich seine Träume doch viel genauer ansehen. Und alles ändern, was einem daran nicht gefällt.«

Das war das erste Mal, dass ich das Gefühl hatte, man könnte von diesem Kind etwas lernen. Seine Träume so lange umbauen, bis sie einem gefallen – das war doch wirklich mal ein nützliches Kunststück.

»Interessieren tut mich Schlafen aber sehr«, sagte das Kind. »Fast sosehr wie Fußball. Das gibt's auf meinem Planeten nämlich auch nicht. Schlaf mir doch mal ein bisschen was vor! Ich habe schon so viel davon gehört und noch nie gesehen, wie es geht.«

Habt ihr schon einmal versucht, auf Kommando einzuschlafen? Das funktioniert nicht. Im Gegenteil.

Ganz egal, wie fest ich meine Augen zudrückte – ich blieb wach. Vielleicht, weil es mitten am Tag war, vielleicht aber auch, weil mir jemand dabei zuschaute. Das Kind beobachtete mich nämlich aufmerksam und fragte alle paar Minuten: »Schläfst du jetzt?« Wie soll man da einschlafen?

Ich versuchte es in allen möglichen Positionen. Ich ließ den Kopf auf die Brust sinken, stützte ihn in die Hände und legte ihn schließlich auf den Schreibtisch.

»Das ist ja hochinteressant«, sagte das Kind plötzlich und war ganz aufgeregt. »Wenn du schläfst, denkst du in einer ganz anderen Sprache!« Es zeigte auf den Bildschirm meines Computers. Dort war eine Reihe von Buchstaben erschienen, die allerdings überhaupt keinen Sinn ergaben. »xxx-xxxxxccccccccccvvvvvvvvvvbbbbbbbbbb«, stand da.

Die Buchstaben waren natürlich nicht auf geheimnisvolle Weise aus meinem Kopf auf den Bildschirm gewandert. Ich war mit meinem Kopf einfach auf der Tastatur gelandet und hatte, ohne es zu merken, ein paar Tasten gedrückt.

Aber das verriet ich dem alten Kind nicht. Wer immer alles besser weiß, soll sich ruhig auch einmal irren. Außerdem hatte es so in der Nacht etwas zu tun. Wenn es schon nicht schlief, konnte es sich in der Zeit ja überlegen, was »xxxxxxxxcccccccccc-vvvvvvvvvvbbbbbbbbbb« wohl bedeutete.

Ich glaube, es hat die ganze Zeit, die es bei mir

wohnte, tatsächlich nie geschlafen. Ich hatte ihm ja auch kein richtiges Schlafzimmer anzubieten. Aber ich lebe in einem alten Haus, wo in jeder Wohnung neben der Küche eine kleine Kammer ist. Früher, als es noch keine Kühlschränke gab, bewahrte man dort seine Lebensmittel auf. Es ist ganz schön eng da drin, vor allem, weil ich beim Aufräumen immer alle Dinge, für die ich keinen richtigen Platz weiß, dort hineinschmeiße. Aber das alte Kind fand, das sei ein äußerst luxuriöses Zimmer, in dem man sich richtig wohlfühlen könne. Es hatte mal von einem Schüler gehört, der war auf seiner Forschungsreise auf einen ganz, ganz kleinen Planeten geraten, und sein Zimmer dort war so eng gewesen, dass er die ganze Zeit den Kopf zwischen die Beine klemmen musste. Im Vergleich dazu war meine Speisekammer richtig schön groß.

Gepäck hatte das Kind keines mitgebracht. Obwohl es sehr viel Gepäck mitgebracht hatte.

Das Gepäck, das kein Gepäck war, bestand aus einem kleinen Beutel, so winzig, dass er in jede Hosentasche passte. Darin war alles verstaut, was man für eine Forschungsreise braucht, und dazu noch eine ganze Menge Dinge, von denen ich mir nicht vorstellen konnte, wozu man sie jemals brauchen würde.

Zum Beispiel war da der Koffer voller Hände

drin. Und eine Schachtel voller Duftfilme, die sich das Kind auf der Erde anriechen wollte, weil es auf seinem Planeten die altmodischen Geräte dafür nicht mehr gab. Es war ganz schön enttäuscht, als ich ihm sagte, dass bei uns solche Duftfilme noch gar nicht erfunden sind.

Und eine Schachtel voller Schulbücher hatte es auch dabei. Um zwischendurch für die Abschlussprüfung lernen zu können.

Wie das alles in einem winzig kleinen Beutel Platz hatte, wollt ihr wissen? Das habe ich auch gefragt.

»Ganz einfach«, sagte das alte Kind. »Der Beutel ist zusammenlegbar.«

»Aber das geht doch nur, wenn er leer ist!«

»Ist das bei euch so?«, fragte das Kind. »Das ist aber nicht sehr praktisch. Wir legen unsere Beutel lieber zusammen, wenn sie voll sind. Da spart man viel mehr Platz.«

Steckte den Beutel in die Hosentasche, verschwand in seiner Kammer und sagte nur noch ganz schnell: »Gute Nacht!«

Womit endgültig bewiesen war, dass sich das Kind auf unserem Planeten nicht auskannte. Es war nämlich erst Mittag.

Und darum kam es auch sehr schnell wieder heraus. Mit einem ziemlich verlegenen Gesicht.

Das ist überhaupt nicht komisch!

Ich rede hier die ganze Zeit vom »alten Kind« oder von »meinem Besucher« oder vom »Gast vom anderen Planeten«. Ganz schön umständlich. Warum schreibe ich nicht einfach den Namen hin?

Weil das alte Kind keinen Namen hatte. Oder genauer: keinen bestimmten.

Dort, wo es herkam, nennt man sich je nach Lust und Laune immer wieder anders. Manchmal ändert man seinen Namen sogar mehrmals am Tag.

»Alles andere wäre langweilig«, erklärte mir das alte Kind. »Man ist ja nicht immer derselbe. Man verändert sich, je nachdem, was man gerade tut oder worüber man gerade nachdenkt. Also braucht man auch jedes Mal einen anderen Namen.«

»Das gibt doch ein totales Durcheinander.«

»Wieso? Leute, die man wirklich kennt, vergisst man auch nicht, wenn sie anders heißen.«

Ich konnte das alte Kind schließlich davon überzeugen, dass es hier auf der Erde angebracht war, bei *einem* Namen zu bleiben. Ein Forscher muss sich schließlich dem Volksstamm anpassen, den er besucht. Wer zu den Menschenfressern fährt, kann nicht Vegetarier bleiben.

»Also gut«, sagte das alte Kind. »Such mir einen Namen aus! Aber bitte einen hübschen!«

»Okay. Wie wär's zum Beispiel mit …?« Aber noch bevor ich »Kevin« oder »Lena« sagen konnte, fiel mir plötzlich ein, dass mir eine wichtige Information über meinen Besucher fehlte. »Bist du eigentlich ein Junge oder ein Mädchen?«

»Macht das einen Unterschied?«

»Jungen haben andere Namen als Mädchen.«

»Interessant«, sagte das Kind. »Das muss ich mir unbedingt merken für meine Hausarbeit. Ihr habt hier auf der Erde ganz schön verrückte Spielregeln. Das kommt wahrscheinlich daher, dass bei euch die Erwachsenen regieren.«

Ich muss zugeben, langsam wurde ich ein bisschen sauer. Man will nicht die ganze Zeit hören, dass man nicht sehr praktisch, nicht sehr intelligent und nicht sehr logisch ist. Auch wenn es stimmen sollte.

Gerade wenn es stimmen sollte.

Ich fragte also streng: »Also, was bist du nun? Junge oder Mädchen?«

»Das kann ich so nicht beantworten«, sagte das Kind.

»Wieso nicht? Das ist eine ganz einfache Frage. Entweder – oder!«

Das Kind überlegte einen Augenblick. Dann wies es auf die Lampe an der Decke.

»Diese Lampe da – ist das ein Klavier oder ein Osterhase?«

»Wie bitte?«

»Das ist eine ganz einfache Frage. Entweder – oder!«

»Weder – noch!«

»Siehst du«, sagte das alte Kind.

Wir haben uns schließlich auf Michell geeinigt. Mit zwei L, so wie man den Namen eigentlich gar nicht schreibt. Und ausgesprochen mit einem Sch.

Mischell.

So passt der Name zu einem Jungen genauso wie zu einem Mädchen. In Frankreich klingt der Jungenname Michel nämlich genau gleich wie der Mädchenname Michelle. Michell mit zwei L war also ganz falsch und gleichzeitig genau richtig. Perfekt für das alte Kind.

Den ersten Abend, an dem Michell bei mir wohnte, verbrachten wir vor dem Fernseher und sahen uns einen Western an. Nicht sehr einfallsreich, das gebe ich zu, aber Michell war von meinem TV-Gerät total begeistert.

»Diese Maschine ist so wunderbar altmodisch!«,

sagte er. Nein, falsch. Sagte sie. Halt, immer noch falsch. Sagte es. Keine Ahnung, wie es heißen muss. Wenn es um Michell geht, gerät sogar die Grammatik durcheinander.

»Altmodisch? Das ist ein supermodernes Gerät mit allen Schikanen! Schau dir nur mal die Fernbedienung mit den vielen Knöpfen an!«

»Ich habe gedacht, der Fernseher gehört dir«, sagte Michell.

»Natürlich gehört er mir.«

»Warum musst du ihn dann bedienen? Und nicht er dich?«

»Er macht doch, was ich will!«

»Wirklich? Dann sag ihm bitte, die Cowboys sollen aufhören, auf die Indianer zu schießen!«

»Das geht nicht.«

»Hören die nicht auf dich?«

»Die können mich überhaupt nicht hören!«

»Das muss ich mir für meine Arbeit merken«, sagte Michell. »Auf der Erde dürfen im Fernsehen nur Leute mitspielen, die vollkommen taub sind.«

Ich hab dann versucht, ihm die Sache zu erklären, aber ich weiß nicht, ob ich es wirklich geschafft habe. Auf Michells Planeten gibt es auch so etwas wie Fernsehen, aber wenn einem dort die Handlung eines Films nicht passt, mischt man sich einfach ein und macht Vorschläge, wie die Geschichte ganz anders weitergehen könnte. Manchmal machen die Figuren im Film dann sogar, was man ihnen vorschlägt, aber es kommt auch vor, dass ihnen die Einmischungen ganz und gar nicht passen, und dann kommt es zu den verrücktesten Diskussionen.

Am allerwenigsten konnte Michell verstehen, dass ein Film, der zum zweiten oder dritten Mal wiederholt wird, jedes Mal gleich ausgeht. »Das ist doch langweilig«, sagte es. »Fast so wie ein Rechenbuch, in dem zwei und zwei jedes Mal vier ergibt.«

Wir haben dann umgeschaltet, vom Western auf eine Zirkussendung. Mit Artisten, die von Trapez

GESCHICHTSBUCH FÜR DIE 44. KLASSE

Die wichtigste Persönlichkeit des 29. Jahrhunderts war Markino, den man auch Markino den Großen nannte. Nie zuvor hatte es jemanden gegeben, der die Menschen so gut zum Lachen bringen konnte. Er konnte Grimassen schneiden, wie man sie noch nie gesehen hatte, und dabei funkelten seine Augen so fröhlich, dass niemand in seiner Nähe ernst bleiben konnte. Schaut euch sein Bild auf Seite 264 an und versucht ... hahahaha ...

Schaut euch sein Bild an und versucht ... hohoho ... und versucht, dabei ernst zu blei... h o h o h o h o h zu Trapez wirbelten, und einem Jongleur, der sieben Keulen gleichzeitig in der Luft halten konnte. Michell sah sich das alles mit großem Interesse an – bis die Clowns an die Reihe kamen. Es waren zwei, und sie hatten sich ihre Rollen so aufgeteilt, wie das bei Clowns üblich ist: Der eine hatte sich das Gesicht weiß angemalt und war der Kluge, der andere trug viel zu große Schuhe und war der Dumme.

Als der Kluge dem Dummen einen Eimer Wasser über den Kopf schüttete und alle Zuschauer in schallendes Gelächter ausbrachen, begann Michell plötzlich zu weinen.

»Was hast du denn?«, fragte ich.

»So etwas Trauriges habe ich überhaupt noch nie gesehen.«

Mir ging es anders. Ich hatte noch nie so etwas Lustiges gesehen. Ich konnte nicht aufhören zu lachen.

Und neben mir heulte Michell das ganze Sofa nass.

»Aber das ist doch komisch!«, sagte ich. »Schau doch bloß, was er für ein dummes Gesicht macht! Und wie ihm das Wasser in den Kragen läuft! Das ist doch lustig!«

»Wieso?«

Die einfachsten Fragen sind immer am schwierigsten zu beantworten. Ich brachte es auf jeden

Fall nicht fertig, zu erklären, warum ich diesen Clown so lustig fand. Ich konnte überhaupt nicht mehr viel sagen. Weil ich schon wieder lachen musste.

»Pass auf«, stammelte ich, »jetzt kriegt er gleich noch einmal eine Ladung Wasser ins Gesicht!«

»Und das ist lustig?«, fragte Michell.

»Sehr lustig!«

»Da musst du lachen?«

»Und wie!«

»Das ist aber nicht sehr intelligent«, sagte das alte Kind.

»Was?«

»Lachen, wenn man lachen muss. Es wäre doch viel besser, wenn man nur lacht, wenn man lachen will.«

Der Clown kriegte den dritten Eimer Wasser ab, und ich lachte mich schief.

Michell sah mich nachdenklich an und fragte dann: »Lachst du gern?«

»Klar.«

»Und wenn jemandem Wasser über den Kopf gekippt wird, findest du das zum Lachen?«

»Und wie!«

»Gut«, sagte Michell.

Und kippte mir den Inhalt der Blumenvase über den Kopf.

Eine Eiche muss husten

Das alte Kind passte sich sehr schnell an das Leben auf der Erde an. Wenn es zum Beispiel am Morgen frisch ausgeschlafen zum Frühstück kam …

Stopp! »Ausgeschlafen« ist das falsche Wort. Michell schlief ja nicht.

Also: Wenn es am Morgen frisch ausgeträumt zum Frühstück kam, dann war da nichts Ungewöhnliches an ihm. Wenn man mal von seinen T-Shirts absieht. Auf einem war ein Frosch, der ab und zu eine lange Zunge herausstreckte und damit Fliegen fing, und auf einem anderen ein Gesicht, das jedes Mal den Mund bewegte, wenn Michell etwas sagte. Aber mal abgesehen davon – ein ganz gewöhnliches Kind.

Wenn auch nicht alle Kinder siebenundzwanzig Brote mit Erdbeermarmelade hintereinander essen. Einmal sogar dreiunddreißig. Auf seinem Planeten war es nämlich so, erklärte mir Michell: Es schmeckte einem nicht, solange man Hunger hatte, sondern man hatte Hunger, solange es einem schmeckte. Erdbeermarmelade mochte es besonders. »Man merkt es den Erdbeeren richtig an, wie gern sie gegessen werden«, sagte es mit vollem Mund. Michell sagte dauernd solche Dinge.

Da sich mein Gast beim Frühstücken Zeit ließ – »Warum soll man sich bei etwas Angenehmem beeilen? Dann ist es ja nur schneller vorbei!« –, konnte ich unterdessen in aller Ruhe Zeitung lesen. Die Geschichte, die ich euch als Nächstes erzählen will, fing denn auch mit einem Zeitungsartikel an. Mit einer Meldung, über die ich mich furchtbar ärgerte.

»Nach einem Beschluss der Stadtverwaltung«, stand da auf Seite 4, »soll die umstrittene Autostraße durch den Stadtwald nun doch gebaut werden. Wie Stadtrat Ulrich Kaltenberger auf einer Pressekonferenz mitteilte, wird das Projekt laut Umfragen in der Bevölkerung allgemein unterstützt, obwohl dafür mehrere Hundert Bäume gefällt werden müssen. Für auswärts wohnende Autofahrer verkürzt die neue Straße den Weg ins Zentrum um mindestens zehn Minuten.«

Es war auch ein Foto dabei. Stadtrat Kaltenberger stand vor einem Plan der neuen Straße und lächelte in die Kameras. Er hatte ein richtiges Ohrfeigengesicht, fand ich. Ich war so wütend auf ihn, dass ich laut schimpfen musste. »Das darf doch nicht wahr sein! Jetzt sind sie endgültig verrückt geworden!«

»Wer?«, fragte Michell und bestrich das nächste Brot mit Marmelade.

»Die Leute, die so etwas beschließen! Dieser Stadtrat! Eine Straße quer durch den Stadtwald! Der letzte Ort weit und breit, wo man noch in Ruhe spazieren gehen kann! Das ist doch total plemplem!«

»Das musst du mir erklären!« Michell legte sein Brot sorgfältig auf den Teller zurück. »Ein Stadtrat – das ist doch jemand, der regiert?«

»Stimmt.«

»Und der ist verrückt?«

»Aber total!«

»Das ist interessant. Ihr lasst euch also von Verrückten regieren? Auf meinem Planeten machen wir das anders.«

»Er ist nicht wirklich verrückt.«

»Dann will er diese Straße auch nicht wirklich bauen?«

»Doch.«

»Aber du hast gesagt ...«

Mit Michell geriet man ständig in solche Diskussionen. Jedes Mal hatte ich dann die größten Schwierigkeiten, ihm Dinge zu erklären, die mir selber ganz einfach und logisch erschienen. Vielleicht auch nur, weil ich noch nie über sie nachgedacht hatte. Zum Beispiel, warum wir Leute verrückt nennen, bloß weil wir nicht mit ihnen einverstanden sind.

Über die Straße durch den Stadtwald wird schon seit Jahren diskutiert, und man hat die Entscheidung immer wieder hinausgeschoben, weil so viele Leute in der Stadt dagegen sind. Und jetzt plötzlich …

»Hier steht: Es hat eine Umfrage gegeben«, sagte Michell. »Wen haben sie denn gefragt?«

»Irgendwelche Leute.«

»Leute?«, fragte Michell ganz ungläubig: »Wenn man eine Straße durch einen Wald bauen will, dann fragt man bei euch die *Menschen*?«

»Wen würdest du denn befragen?«

»Die Bäume natürlich. Vielleicht wollen die ja gar nicht gefällt werden.«

»Mit Bäumen kann man nicht reden«, setzte ich an – und hielt gleich wieder den Mund. Erstens weil ich schon wusste, welche Antwort ich wieder bekommen würde: »Du kannst das vielleicht nicht, weil du nur ein Erwachsener bist, aber vernünftige Leute …« Und zweitens, weil gar niemand mehr da war, dem ich es hätte sagen können. Michell war aufgesprungen und hinausgerannt. Obwohl es erst siebzehn Marmeladebrote gegessen hatte.

Als es wieder zurückkam, war es beinahe so wütend wie ich.

»Du hast recht«, sagte es, »mit den Bäumen im Stadtwald hat niemand geredet. Die wurden überhaupt nicht gefragt. Ich habe da eine ganz alte Eiche kennengelernt, Walter heißt sie, die war mindestens so wütend wie du. Das kann man auch gut verstehen. Es juckt sie nämlich überall, weil sie eine Rindenentzündung hat, von der schlechten Luft. Und die schlechte Luft kommt von den Autos, sagt Walter.«

»Genau!«, sagte ich.

»Und was das Schlimmste ist: Es ist niemand mehr da, der sie kratzen kann. Der Specht, der das früher für sie gemacht hat, ist aus dem Stadtwald weggezogen. Es ist ihm zu laut geworden. Ich bin dann an Walters Stamm hinaufgeklettert und habe ihn ein bisschen mit der Nase gekratzt. Aber das ist natürlich nicht dasselbe. Ich habe ja nicht diesen speziellen Schnabel, den es dazu braucht. Und außerdem …«

Michell machte eine ganz kurze Pause, um einen Bissen von seinem Marmeladebrot zu nehmen, und erzählte dann weiter.

»Und außerdem: Husten tut Walter auch.«

Habt ihr schon mal davon gehört, dass Bäume husten? Ich nicht. Aber bis vor wenigen Tagen hatte ich auch noch nichts von alten Kindern gehört, die mit Raumschiffen zur Erde fliegen, um dort für die Schule eine Arbeit zu schreiben.

»Manchmal muss Walter so heftig husten«, sagte Michell, »dass ihm die Blätter ausfallen. Und weißt du, warum? Weil es bei ihm oben so stinkt. Und auch das ist wegen der Autos, sagt Walter. Richtig krank ist er schon. Dabei hat er noch Glück gehabt.«

»Glück?«

»Sein Nachbar, sein bester Freund, ist letztes Jahr gestorben. An schlechter Luft. Dabei war er noch ganz jung, noch nicht einmal hundert Jahre. Zuerst kriegte er Rindenentzündung, dann Blattausfall, und als er dann eine Baumglatze hatte und nur noch ganz schwach mit den Ästen wedeln konnte, hat man ihn gefällt und abtransportiert. Auf den Friedhof wahrscheinlich.«

Ich wusste natürlich, dass tote Bäume nicht liebevoll bestattet werden, aber das wollte ich dem alten Kind nicht sagen. Es war auch so schon traurig genug.

Aber nur ein Marmeladebrot lang.

»Etwas ist schon mal klar«, sagte Michell. »Die Straße durch den Stadtwald darf nicht gebaut werden. Walter ist dagegen.«

»Was kann ein Baum schon ausrichten?«

Pflanzen-Sprachlehrbuch für die 51. Klasse

Um mit einem Baum zu reden, stellt man sich vor ihn hin und schaut ihn gut an – jeden Ast und jeden Zweig und jedes Blatt.

Man muss versuchen, alles an dem Baum zu verstehen: wie tief er seine Wurzeln in die Erde gebohrt hat, warum sich seine Blätter im Wind bewegen und warum er es so gern hat, wenn ihn die kleinen Käfer unter der Rinde kratzen.

Man muss verstehen, wie der Baum ist, und auch, wie er nicht ist: warum er nicht fliegen kann, warum er keine Heuschrecken mag und warum er sich nachts manchmal fürchtet.

Und wenn man alles an dem Baum verstanden hat, dann versteht man auch, was er sagt. Uns verstehen die Bäume sowieso, denn Bäume sind viel intelligenter als wir. Man sollte deshalb immer sehr höflich zu ihnen sein.

»Ein Baum allein vielleicht nichts. Aber wenn sich alle Bäume zusammentun und alle Sträucher und alle Blumen – dann sieht die Sache schon ganz anders aus. Ich hab da einen Plan ...«

»Was hast du vor?«

»Ich glaube«, sagte Michell und freute sich richtig, »ich glaube, dieser Stadtrat Kaltenberger wird seine Meinung ändern.«

»Wieso sollte er das tun?«

»Weil Verrückte nicht regieren dürfen. Hast du das nicht selber gesagt?«

Eine Stimme aus dem Knopfloch

Als Stadtrat Ulrich Kaltenberger in sein Büro kam, wie immer ganz pünktlich um acht Uhr null null, war scheinbar alles wie immer. Er war ein ordentlicher Mensch, und es gefiel ihm, wenn die Dinge so waren wie immer. Er stand jeden Morgen um sechs Uhr null null auf, machte am offenen Fenster Freiübungen bis sechs Uhr fünfzehn, saß um sechs Uhr dreißig am Frühstückstisch, wo er zwei Tassen Kaffee trank, dazu zwei Scheiben Toast und ein weiches Ei aß (exakt drei Minuten und fünfundvierzig Sekunden gekocht), gab seiner Frau pünktlich um sieben Uhr vierzehn einen Kuss, stieg um sieben Uhr fünfzehn in sein Auto und fuhr auf der Umgehungsstraße rund um den Stadtwald zum Rathaus. Mit der neuen Strecke quer durch den Wald würde er in Zukunft zehn Minuten länger schlafen können, also um sechs Uhr zehn aufstehen, bis sechs Uhr fünfundzwanzig Freiübungen machen, um sechs Uhr vierzig frühstücken und um sieben Uhr vierundzwanzig seine Frau küssen.

Im Vorzimmer wartete schon seine Sekretärin, Frau Pfaff, auf ihn und hielt ihm eine rote Nelke hin. Auch das war so wie an jedem Morgen, denn Stadtrat Kaltenberger legte großen Wert darauf, immer eine frische Blume in seinem Knopfloch zu haben, und Frau Pfaff musste ihm die jeden Tag vor der Arbeit besorgen.

Er steckte sich die Nelke ans Jackett, sagte: »Schönes Wetter heute« (das sagte er an jedem Morgen, auch wenn es regnete), und setzte sich pünktlich um acht Uhr null eins an seinen Schreibtisch, um die Post durchzusehen, die ihm Frau Pfaff hinlegte.

So weit alles wie immer.

Aber dann passierte etwas, das noch nie passiert war. Eine dünne, piepsige Stimme sagte: »Trottel!«

»Wie bitte?«, sagte Stadtrat Kaltenberger.

»Trottel«, wiederholte die Stimme. »Kaltenberger, du bist ein Trottel.«

»Was haben Sie da eben gesagt, Frau Pfaff?«

»Ich, Herr Stadtrat? Ich habe kein Wort –«

»Trottel«, sagte die piepsige Stimme. »Ich habe gesagt: ›Du bist ein Trottel.‹«

»Da, schon wieder!«

»Ich habe nichts gesagt.«

»Aber ich«, sagte die Stimme.

»Hören Sie das denn nicht, Frau Pfaff?«

»Ich weiß nicht, was Sie meinen, Herr Stadtrat.«

»Ich meine ... ich meine ...« Stadtrat Kaltenberger begann zu stottern.

»Trottel!«

»Diese Stimme meine ich!«

»Was für eine Stimme, Herr Stadtrat?«

»Die immer sagt ... die immer sagt ...«

»Trottel!«

»Die immer sagt ... Ach was.« Stadtrat Kaltenberger räusperte sich. »Gehen Sie hinaus, Frau Pfaff, und stören Sie mich nicht länger. Man kann sich ja nicht konzentrieren, wenn Sie einem immer reinreden.«

»Entschuldigung, Herr Stadtrat«, sagte Frau Pfaff. »Ich habe kein Wort ...«

Aber er sah sie so böse an, dass sie das Zimmer ganz schnell verließ.

Stadtrat Kaltenberger griff entschlossen zum nächsten Brief auf dem Stapel. Aber er war über »Sehr geehrter Herr Stadtrat ...« noch nicht hinausgekommen, als sich die seltsame Stimme schon wieder meldete. Diesmal mit einem Gedicht.

»Kaltenberger! Kaltenberger! Kriegt noch heute großen Ärger!«

Stadtrat Kaltenberger versuchte so zu tun, als ob er ganz ruhig sei, aber seine Hände waren feucht, und seine Beine zitterten.

»Wer … wer spricht da?«, fragte er.

»Ich«, sagte die Stimme.

»Wer bist du?«

»Du solltest mich nicht duzen«, sagte die Stimme. »Wir Nelken sind vornehme Blumen.«

»Blumen???«, staunte der Stadtrat. Oder besser gesagt: »Blumen???????????????????????????«

»Was hast *du* denn gedacht? Dass wir Palmen sind? Oder Tannenbäume? Da merkt man es wieder: Du bist ein Trottel.«

Für gewöhnlich rauchte Stadtrat Kaltenberger seine Morgenzigarre immer erst pünktlich um zehn Uhr null null. Aber die seltsame Stimme, die aus dem Nichts zu kommen schien, hatte ihn so durcheinandergebracht, dass er jetzt schon die Schachtel mit den Havannas aus der Schreibtischschublade holte. Er stopfte sich die Zigarre in den Mund, zündete sie an – er brauchte vier Streichhölzer dazu, so sehr zitterten seine Hände – und machte einen tiefen Zug.

»Wäää!«, sagte eine andere Stimme angeekelt. »Jetzt fängt der auch noch an zu qualmen!«

Und die erste Stimme sagte: »Wir Armen! Wir Armen! Das stinkt ja zum Erbarmen!«

Stadtrat Kaltenberger verschluckte sich vor Aufregung am Tabakrauch und begann zu husten.

»Wenn du das Rauchen nicht verträgst«, sagte

die neue Stimme, »dann mach deine Rakete besser gleich wieder aus.«

»Das ist keine Rakete! Das ist eine ganz teure Zigarre!«

»Dann würde ich sie erst recht nicht verbrennen. Bring sie auf die Bank, und sperr sie in den Schrank!« Die Stimmen schienen eine Vorliebe für Gedichte zu haben.

Kaltenberger legte die Zigarre ganz, ganz vorsichtig in den Aschenbecher und fragte mit ängstlicher Stimme: »Wer spricht denn da?«

»Ich. Dein Gummibaum.«

»Gummibaum?«

»Du müsstest mich kennen. Ich steh schon seit drei Jahren auf deinem Regal. Und kriege immer zu viel Wasser, obwohl ich schon hundert Mal gesagt habe, dass ich das nicht vertrage.«

»Gummibäume können gar nicht reden!«

»Klar können wir das. Und zwar bedeutend klügere Dinge, als man sie für gewöhnlich hier in diesem Büro zu hören bekommt.«

»Und wir Nelken«, sagte die andere Stimme, »sind auch zu Besserem geboren, als nur in einem Knopfloch zu stecken. Ojemine, ojemine, mir tut ja schon der Stengel weh!«

»Es muss am Wetter liegen«, dachte Kaltenberger. »Es kann ja nicht sein, dass ich plötzlich Stimmen höre. Was ich brauche, ist frische Luft.« Er lockerte seine Krawatte, sprang auf, stolperte über den Papierkorb, rannte zum Fenster und riss es auf.

»Guten Morgen, Kaltenberger«, sagte eine dritte Stimme. Sie war ganz tief und ein bisschen heiser.

»Wewewe... wewewe... wewewe...«, sagte Kaltenberger.

»Ja, bitte?«, sagte die tiefe Stimme.

»Wewewe... wewewer spricht denn jetzt schon wieder?«

»Ich. Der Kastanienbaum vor deinem Fenster. Kennst du mich nicht?«

»Nein, ich habe ... ich habe noch nie ...«

»Typisch Mensch«, sagte der Kastanienbaum. »Da strengt man sich jedes Frühjahr an und produziert die schönsten Blüten, da sorgt man im Sommer für Schatten – und dann wird man nicht einmal wahrgenommen!«

»Ich höre Stimmen«, sagte Kaltenberger und war ganz blass geworden. »Überall höre ich Stimmen. Das ist ja furchtbar.«

»Wieso furchtbar?«, fragte der Gummibaum. »Du solltest dankbar sein, dass du dich mit so gebildeten Pflanzen unterhalten darfst. Das klügste Wesen hier im Raum ist immer noch der Gummibaum.«

»Noch viel klüger sind die Nelken, wenn sie nicht zu schnell verwelken.«

»Die Kastanie hier im Freien ist der klügste von uns dreien.«

Worauf die drei Pflanzen, die Nelke, der Gummibaum und die Kastanie, miteinander zu diskutieren begannen, wer denn nun der gescheiteste von ihnen sei. Stadtrat Kaltenberger hielt sich die Hände vor die Ohren, um das Durcheinander nicht mehr anhören zu müssen.

»Ein sprechender Gummibaum!«, dachte es in seinem Kopf. »Eine dichtende Nelke! Eine beleidigte Kastanie! Das gibt es alles gar nicht. Das darf es gar nicht geben! Wahrscheinlich gibt es sogar ein

Gesetz dagegen. Aber ich höre die Stimmen trotzdem. Höre sie laut und deutlich. Da gibt es nur eine Erklärung: Ich bin überarbeitet. Habe mich im Dienst der Stadt zu sehr aufgeopfert. Krank bin ich. Jawohl, krank. Ich muss mich ins Bett legen, heißen Tee trinken und mir die Decke über den Kopf ziehen. Wahrscheinlich habe ich sogar Fieber. Hohes Fieber. Wenn man Fieber hat, hört man Stimmen, das habe ich schon mal irgendwo gelesen. Ich muss sofort bei Dr. Wiederkehr anrufen. Der muss mich untersuchen und mir Pillen geben. Ganz viele Pillen. Dr. Wiederkehr, jawohl.«

Mit zitternden Händen öffnete er sein Adressbuch und blätterte nach der Nummer. Die Pflanzen stritten sich immer noch, und es ist sehr schwierig, in einem Adressbuch zu blättern, wenn man sich gleichzeitig die Hände vor die Ohren halten muss.

Endlich hatte er die Nummer gefunden und versuchte sie einzustellen. Dreimal musste er wieder von vorne beginnen, erstens, weil er so aufgeregt war, und zweitens, weil das sonst immer Frau Pfaff für ihn machte.

Er war gerade bei der letzten Ziffer angekommen, da sagte eine Stimme: »Das sollten Sie besser nicht tun.«

Es war eine Stimme, die er noch nie gehört hatte. Nicht die seiner Knopflochblume, nicht die seiner Zimmerpflanze, nicht die des Kastanienbaums, sondern …

Sondern …

Es war die Stimme eines Kindes, und dieses Kind hatte seinen Kopf durch die Wand gesteckt, genau zwischen der Landkarte des Stadtwaldes und dem Foto vom Sommerfest des Oberbürgermeisters.

Durch die Wand.

Ein Kind.

Er musste sofort bei Dr. Wiederkehr anrufen.

»Nein, das sollten Sie wirklich nicht tun«, sagte das Kind freundlich lächelnd. »Sonst denken die Leute noch, Sie sind verrückt.«

Das alte Kind macht Politik

Stadtrat Kaltenberger hatte sich angewöhnt, nach Frau Pfaff zu rufen, wann immer in seinem Büro etwas nicht funktionierte. Wenn er einen Aktenordner nicht fand, wenn seine Kaffeetasse leer war, wenn seine Zigarre nicht richtig brennen wollte, Frau Pfaff war dazu da, die Dinge für ihn in Ordnung zu bringen.

Und ein Kind, das seinen Kopf einfach durch die Wand steckt – das ist ja nun wirklich nicht in Ordnung.

»Frau Pfaff!«, schrie der Stadtrat deshalb ganz automatisch und merkte sofort, dass er einen großen Fehler gemacht hatte. Wenn man sich gerade mit seinem Gummibaum gestritten hat und neben dem signierten Foto des Oberbürgermeisters ein Kinderkopf aus der Wand ragt, dann möchte man lieber allein sein.

Aber Frau Pfaff stand schon im Zimmer. »Ja bitte, Herr Stadtrat?«, fragte sie. »Was kann ich Ihnen bringen?«

»Nichts«, sagte Kaltenberger.

»Sie haben mich aber gerufen«, sagte Frau Pfaff. »Sehr laut gerufen. So laut, dass ich schon dachte, es sei Ihnen etwas zugestoßen.«

»Nein, nein, es ist alles in Ordnung. Könnte gar nicht besser sein.«

Hinter Frau Pfaff lächelte ihn dieses fremde Kind freundlich an, und der Gummibaum im Regal winkte ihm mit den Blättern zu. Ein Glück, dass seine Sekretärin in die andere Richtung schaute.

»Ich wollte Ihnen nur sagen … ich wollte sagen … Ich will heute Vormittag auf keinen Fall gestört werden. Auf gar keinen Fall.«

»Das wäre ja noch schlimmer, wenn ein Stadtrat gestört wäre«, piepste die Nelke in seinem Knopfloch.

»Obwohl das schon ab und zu vorgekommen sein soll«, kicherte der Gummibaum.

»Ruhe!«, brüllte Kaltenberger.

»Ich habe überhaupt nichts gesagt.« Frau Pfaff war richtig beleidigt.

»Ich brauche Ruhe, wollte ich sagen.«

»Kaltenberger braucht jetzt Ruhe«, sagte der Gummibaum. »Und fünf Kisten Wanderschuhe.«

»Das heißt doch gar nichts!«, schrie der Stadtrat.

»Ich weiß.« Der Gummibaum war ganz verlegen. »Aber es ist mir kein anderer Reim eingefallen.«

»*Was* heißt gar nichts?«, fragte Frau Pfaff.

»Wie wär's mit: ›Kaltenberger braucht jetzt Ruhe und kein hektisches Getue‹?«, schlug die Kastanie vor.

»Nicht schlecht«, sagte das fremde Kind.

»Ruhe!«, brüllte Kaltenberger.

»Das habe ich bereits notiert«, sagte Frau Pfaff.

»Keine Störungen, keine Anrufe, keine Besucher!« Wenn er kommandieren konnte, fühlte sich Herr Kaltenberger immer am sichersten.

»Aber die Herren vom Bauamt kommen in zehn Minuten«, sagte Frau Pfaff. »Wegen der neuen Straße durch den Stadtwald.«

»Verschieben«, sagte der Stadtrat. »Nicht heute«, sagte er. »Sollen ein andermal wiederkommen.« Und scheuchte seine Sekretärin aus dem Zimmer.

In seinem Büro ragte kein Kinderkopf mehr aus der Wand. Aber nur, weil das Kind herausgekommen war und vor dem Schreibtisch stand.

»Guten Tag«, sagte Michell und streckte Kaltenberger die Hand hin. Der nahm sie aber nicht, sondern starrte den unerwarteten Besucher nur mit großen Augen an.

»Ich sehe Kinder«, sagte er immer wieder. »Ich bin krank. Ich sehe Kinder.«

»Das ist völlig normal«, beruhigte ihn der Gummibaum. »Kinder sieht man doch einfach.«

»Und ich höre einen Gummibaum reden!«

»Und eine Nelke«, piepste es aus seinem Knopfloch.

»Und eine Kastanie«, brummte es vor dem Fenster.

»Ich muss zum Arzt«, sagte Kaltenberger. »Ich muss sofort zum Arzt.«

»Das würde ich nicht tun«, sagte Michell. »So wie ich das mit dem Regieren verstanden habe, hätten Sie dann nur Schwierigkeiten.

Überlegen Sie doch mal«, sagte Michell freundlich. »Was würde jetzt passieren, wenn Sie zu Ihrem Arzt gehen und ihm sagen würden, in ihrem Büro sei ein Kind durch die Wand gekommen? Und Sie hätten sich mit einem Gummibaum gestritten und mit einer Knopflochblume?«

»Und mit mir!«, rief der Kastanienbaum durchs Fenster.

»Entschuldigung. Und mit einem Kastanienbaum«, sagte Michell. »Was würde der Doktor wohl dazu sagen?«

»Er würde mir nicht glauben.«

»Und was würde er denken?«

»Dass ich plemplem bin.«

»Genau. Wäre das gut für Sie als Politiker?«

Lebenskunde-Lehrbuch für die 63. Klasse

Wenn die Leute noch erwachsen sind, spielen sie gern ein Spiel, das sie »Regieren« nennen. Einer wird zum Chef bestimmt. Er stellt sich vor die anderen hin und darf befehlen. Und die anderen müssen ihm gehorchen. Man sollte den Erwachsenen dieses Spiel nicht verbieten, auch wenn es immer wieder zu Streit führt. Wenn sie vernünftige Kinder werden sollen, müssen sie selber merken, dass niemals nur einer bestimmen kann, was passieren soll.

Man darf Erwachsene deshalb nicht auslachen, wenn sie Regieren spielen. Gerade bei diesem Spiel verstehen sie keinen Spaß.

»Furchtbar wäre das«, sagte Herr Kaltenberger und suchte in der Schreibtischschublade nach einem Taschentuch, um sich den Schweiß abzuwischen. »Eine Katastrophe wäre das! Die schicken mich glatt in Rente und wählen jemand anderen.«

»Sehen Sie«, sagte Michell. »Also ist es doch besser, Sie erzählen niemandem etwas davon.«

Kaltenberger nickte, nickte noch einmal und hörte dann plötzlich auf zu nicken. »Aber ich habe die verdammte Blume doch reden hören!«

»Ich bin keine verdammte Blume«, piepste es aus seinem Knopfloch. »Ich bin ein Blümlein zart und fein und könnte gar nicht schöner sein.«

»Da, schon wieder!«

»Ich habe kein Wort gesagt«, ertönte es vom Regal her.

»Und den Gummibaum auch!«

»Warum sollte ein Gummibaum nichts sagen dürfen?«, fragte die Kastanie.

»Ich will, dass die aufhören!«, rief Kaltenberger, legte den Kopf auf seinen Schreibtisch und begann doch tatsächlich zu weinen. Er versuchte es zu verbergen, aber man sah es an seinen zuckenden Schultern.

Erwachsene weinen eigentlich ziemlich oft. Sie geben es nur nicht gern zu.

»Jetzt seid mal bitte alle ruhig!« Michell strich dem Stadtrat tröstend über den Kopf. »Ich glaube, ich kann Ihnen helfen.«

»Wie denn?«, schniefte Kaltenberger.

»Ganz einfach. Sie müssen sich nur entscheiden. Wie wollen Sie es haben? Sollen alle Leute sagen, dass Sie verrückt sind, oder wollen Sie lieber von den Blumen und von den Bäumen nichts mehr hören?«

»Aber ich höre sie doch! Sie reden doch die ganze Zeit!«

»Vielleicht kann ich sie ja davon überzeugen, dass sie damit aufhören. Aber nur unter einer Bedingung.«

»Ich bin mit allem einverstanden.« Kaltenberger war beim Weinen mit dem Kopf im Aschenbecher gelandet und klaubte sich jetzt Tabakbrösel von der Stirn.

»Die Straße durch den Stadtwald darf nicht gebaut werden.«

»Das geht nicht«, sagte Kaltenberger. »Ich habe das beschlossen und im Stadtparlament durchgesetzt, und jetzt will ich auch …«

»Du bist ein Trottel!«, piepste die Nelke.

»Und deine Zigarren stinken ekelhaft«, sagte der Gummibaum.

»Wenn du das nächste Mal unter mir durchgehst,

lass ich dir eine Kastanie auf den Kopf fallen«, brummte es durchs Fenster herein.

»Kaltenberger, armer Tropf«, sang die Nelke, »kriegt Kastanien auf den Kopf.«

Der Gummibaum stimmte ein: »Dann wirst du vor Schmerzen heulen, hast den Schädel voller Beulen.«

Und wie zum Beweis kam eine Kastanie durchs Fenster geflogen und traf den Stadtrat mitten an die Stirn. Obwohl doch gar nicht Herbst war.

»Aufhören«, jammerte Kaltenberger. »Die sollen aufhören! Ich bin mit allem einverstanden!«

»Mit allem?«, fragte Michell.

»Ja! Ich will nur die Stimmen nicht mehr hören!«

»Was ist mit der Straße durch den Stadtwald?«

»Wird nicht gebaut!«

»Versprochen?«

»Großes Ehrenwort!«

»Dann sind wir uns ja einig«, sagte Michell. Und zu den drei Pflanzen: »Ihr könnt jetzt aufhören, mit ihm zu reden.«

»Schade«, piepste die Nelke noch schnell. »Jetzt hat es gerade angefangen, Spaß zu machen.« Und dann war es ganz still im Büro.

Wie gesagt: Ich kann nicht beschwören, dass es genau so passiert ist. Ich war ja selber nicht dabei.

Aber Tatsache ist, dass die Straße durch den Stadtwald nie gebaut wurde.

Und wenn ihr noch einen Beweis braucht, dass die Geschichte wahr ist, dann geht doch einfach zum nächsten Gummibaum hin. Oder zur nächsten Kastanie. Oder zur nächsten Nelke. Stellt euch einfach vor sie hin und probiert, mit ihnen zu reden.

Was passiert dann? Gar nichts passiert. Sie werden euch kein Wörtchen antworten. Und warum nicht? Weil sie Michell versprochen haben, nicht mehr mit Menschen zu reden. Gibt es einen besseren Beweis?

Geld ist schwer zu erklären

Wenn man Michell etwas erklären wollte – weil es sich hier auf der Erde nicht auskannte, passierte das dauernd –, dann geschah immer dasselbe: Komplizierte Dinge verstand es sofort, aber mit den einfachen hatte es Mühe. Vielleicht, weil die scheinbar einfachen Dinge in Wirklichkeit die kompliziertesten sind.

Am allerschwierigsten war es für Michell, all die Sachen zu begreifen, für die es keinen wirklichen Grund gibt, sondern bei denen wir Menschen einfach vereinbart haben, dass sie so und nicht anders sein müssen. Der Löffel liegt rechts vom Teller und die Gabel links, das ist zum Beispiel so eine Vereinbarung. Es war Michell einfach nicht beizubringen, warum man die Gabel nicht einfach quer über den Teller legen konnte oder in die Tischplatte stecken und den Löffel in die Hosentasche. Oder wozu man überhaupt einen Löffel brauchte, wo sich die Suppe doch ganz bequem direkt aus dem Teller trinken lässt. Und Spaghetti kann man sich mit den

Händen in den Mund stopfen. Na schön, das gibt Tomatensoßenflecken, aber die machten Michell nichts aus. Es zog einfach ein T-Shirt mit einem Brunnen darauf an. Aus dem lief richtiges Wasser und wusch das T-Shirt genauso schnell sauber, wie die Soße es bekleckerte.

Was Michell auch nie begriff: dass ich in meinem Büro nicht besucht werden wollte, wenn ich am Computer saß und arbeitete. Eines Morgens stand es schon wieder vor meinem Schreibtisch und wollte mich ganz dringend etwas schrecklich Wichtiges fragen.

»Wenn ich arbeite, musst du anklopfen, bevor du hereinkommst«, schimpfte ich. »Das habe ich dir schon tausendmal gesagt.«

»Nicht tausendmal. Nur dreiundzwanzig. Ich habe ein gutes Gedächtnis.«

»Okay«, sagte ich genervt. »Dann jetzt eben zum vierundzwanzigsten Mal: Wenn ich am Arbeiten bin, musst du anklopfen!«

»Ich weiß. Darum bin ich ja hereingekommen.«

»Wie bitte?«

»Ist doch logisch. Von außen kann ich nicht sehen, ob du arbeitest oder nicht. Also muss ich hereinkommen, um das festzustellen. Damit ich weiß, ob ich anklopfen muss oder nicht. Jetzt weiß ich es, also gehe ich wieder raus und klopfe an. Ich finde das zwar ziemlich umständlich, aber wenn ihr das hier auf der Erde so haben wollt …«

»Na schön«, sagte ich. »Jetzt bist du schon mal drin. Also, was willst du?«

»Dich fragen, ob du ein bisschen mit in den Stadtwald kommst. Es ist so schönes Wetter, und ich habe Walter versprochen, dass ich ihn besuche und dich mitbringe. Er möchte dich so gern kennenlernen.«

»Eine Eiche will mich kennenlernen?«

»Ich habe Walter ganz viel von dir erzählt, wie du so bist und was du für Meinungen hast, und er hat gesagt: ›Den muss ich mir unbedingt auch einmal ansehen!‹ Es tut seiner Rindenentzündung sicher gut, wenn er wieder mal herzlich was zu lachen hat.«

Ich wollte lieber nicht wissen, was Michell und dieser Baum hinter meinem Rücken alles über mich redeten. Und außerdem hatte ich keine Zeit.

»Ich kann jetzt nicht«, sagte ich. »Ich muss arbeiten.«

»Wieso?«

»Um Geld zu verdienen. Damit wir zu essen haben.«

»Was ist das – ›Geld‹?«, fragte Michell.

Das war auch wieder eine dieser einfachen Fragen, die so schwer zu beantworten sind. Aber vielleicht gab es auf seinem Planeten ja gar kein Geld. Was mir diesen Planeten sehr sympathisch machen würde.

Ich nahm also meinen Geldbeutel aus der Schublade, öffnete ihn und zeigte Michell den Inhalt. »Siehst du – das hier ist Geld. Das sind Banknoten, das sind Münzen, und –«

Weiter kam ich nicht, dann verschlug es mir vor Schreck die Sprache. Michell hatte sich nämlich eine Zehncentmünze geschnappt, sie in den Mund gesteckt und runtergeschluckt. Jetzt leckte es sich die Lippen ab und verzog das Gesicht.

»Wäää!«, sagte es. »Das ist ja ekelhaft.«

»Geld ist auch nicht zum Essen da!«

»Das hast du aber gesagt. Dabei schmeckt das Zeug ganz scheußlich!«, sagte Michell und schüttelte sich. Es war wahrscheinlich Einbildung, aber ich meinte tief in ihm drin die Münze klappern zu hören. »Du hast gesagt: Du brauchst Geld, damit du was zu essen hast.«

»Aber man steckt doch nicht einfach eine Münze in den Mund!«

»Ach so«, sagte Michell. »Die Banknoten hätte ich nehmen müssen! Die sehen aber auch nicht viel appetitlicher aus. Darf ich wenigstens Erdbeermarmelade draufschmieren?«

»Man isst auch keine Banknoten!«

»Was denn sonst?«

»Man isst Geld überhaupt nicht! Man braucht es, um sich damit Sachen zu kaufen. Hast du das jetzt verstanden?«

»Ich glaube schon«, sagte Michell ohne sehr viel Überzeugung. »Nur eine Frage hab ich noch: Was ist das – ›kaufen‹?«

»Pass auf!«, sagte ich. »Wenn ich zum Beispiel ein Kilo Brot brauche oder ein Paar Socken, dann gehe ich in einen Laden, suche mir aus, was ich haben will, und gebe dem Verkäufer dafür Geld. So weit klar?«

So wie mich Michell ansah, mit einem Gesicht wie ein großes unglückliches Fragezeichen, konnte man deutlich merken: Es war noch gar nichts klar.

»Und was macht dieser Verkäufer dann mit dem Geld?«, fragte es.

»Er kauft sich in einem anderen Laden wieder andere Sachen.«

»Was für welche?«

»Das ist doch völlig egal! Irgendetwas!«

»Irgendetwas?«, wiederholte Michell und schüttelte so heftig den Kopf, dass aus dem Brunnen auf seinem T-Shirt das Wasser nur so durchs Zimmer spritzte. »Das finde ich aber nicht sehr intelligent. Wenn einer ein Kopfkissen braucht und kauft sich eine Schachtel Reißnägel.«

»Er kauft sich natürlich das, was er braucht.«

»Mit dem Geld, das er von dir bekommen hat?«

»Endlich hast du es begriffen«, sagte ich erleichtert. Vielleicht würde ich ja doch noch ein bisschen zum Arbeiten kommen.

Aber Michell war noch nicht fertig. »Du gibst ihm also das Geld für ein Kilo Brot«, fragte es, »und er kauft sich dafür ein Auto?«

»Nein, das geht natürlich nicht.«

»Wenn er aber doch ein Auto braucht! Zum Beispiel, um zum Stadtwald zu fahren und Walter zu besuchen.«

»Mit dem Geld für ein Kilo Brot kann man kein Auto kaufen.«

»Ist das verboten?«

»Ein Auto ist sehr viel mehr wert als ein Kilo Brot.«

»Immer?«

»Klar, immer.«

»Auch wenn man Hunger hat?«

»Auch dann.«

»Auch wenn man ganz, ganz großen Hunger hat?«

Ich nickte.

»Also, wenn *ich* Hunger habe, will ich lieber ein Stück Brot als ein Auto«, sagte Michell. »Autos schmecken sicher ekelhaft.«

»Aber du könntest das Auto verkaufen und dir mit dem Geld zehntausend Kilo Brot kaufen.«

»So viel?«

»Mindestens.«

Michell dachte einen Augenblick nach. »Das nützt mir nichts«, sagte es dann. »So starken Hunger habe ich nie.«

»Du musst ja nicht alles auf einmal verbrauchen. Den Rest kannst du auf die Bank bringen.«

»Den Rest vom Brot?«

»Den Rest vom Geld.«

»Auf irgendeine Bank im Park?«

»Nein!!!« Ich weiß auch nicht, warum: Wenn ich mit Michell redete, fing ich früher oder später immer an zu schreien. »Nicht auf eine Parkbank!«

»Schade«, sagte Michell. »Sonst hätte es dort einer finden können, der gerade Brot braucht, und der hätte sich dann gefreut.«

»Hör zu, Michell«, sagte ich. »Ich habe jetzt keine Zeit, um mit dir zu diskutieren. Ich habe dir doch gesagt, ich muss arbeiten.«

»Um Geld zu verdienen?«

»Genau.«

»Wenn du ein Kilo Brot brauchst – draußen in der Küche ist noch welches.«

»Geld braucht man für alles. Deshalb arbeitet man.«

»Und wenn einer schon ganz, ganz, ganz viel Geld hat?«

»Dann kann er sein Leben genießen und muss nicht mehr arbeiten.«

»Man arbeitet also nur, damit man aufhören kann zu arbeiten? Das ist nicht sehr intelligent.«

»Intelligent oder nicht. Wenn ich jetzt nicht arbeite, hab ich nicht genügend Geld in meinem Geldbeutel.«

»Und wenn da ganz viel drin wäre – würdest du dann mit mir in den Stadtwald zu Walter kommen?«

»Schon möglich.«

»Ach so!«, sagte Michell. »So einfach ist das!« Es machte eine von seinen Bewegungen, die aussah, als ob es Klavier spielte, zog den Stecker von meinem Computer aus der Wand und sagte: »Prima, dann gehen wir jetzt.«

Bevor ich etwas sagen konnte, gab es einen lauten Knall. Mein Geldbeutel war explodiert. Weil plötzlich viel zu viel in ihm drin war. Und könnt ihr erraten, womit er so vollgestopft war?

Richtig. Geld. Ein dicker Packen Geldscheine.

»Es sind sogar viel schönere als die, die schon drin waren«, sagte Michell stolz. »Ich habe auf jedes ein Bild von dir draufgemacht.«

Und tatsächlich: Mein Geldbeutel war voller Euro-Noten. Sie sahen auch ganz echt aus. Nur dass statt irgendwelcher Bauwerke auf jedem Geldschein mein Gesicht zu sehen war.

»Gehen wir jetzt zu Walter?«, sagte Michell.

»Nein!«

»Warum nicht? Jetzt hast du doch ganz viel Geld.«

»Mit meinem Bild drauf ist es aber nichts wert.«

»Wieso nicht?«, fragte Michell. »*So* hässlich bist du nun auch wieder nicht.«

Jetzt kommt auch noch die Polizei!

Michell ist dann allein in den Stadtwald gegangen und hat mir hinterher erzählt, Walter sei sehr enttäuscht gewesen, dass ich nicht mitgekommen bin. Aber das ließ sich nun mal nicht ändern.

An diesem Abend – nach der Arbeit! – haben wir uns dann noch einmal hingesetzt, und ich habe Michell ganz genau erklärt, was ein Euro ist und was ein Cent, was Geld bedeutet, wie man es verdient und wozu man es braucht.

Ich fürchte, es hat meine Erklärung nicht wirklich verstanden. Ist ja auch kein Wunder, wenn man überlegt, was es auf seinem Planeten über dieses Thema gelernt hatte.

Etwas habe ich Michell sehr deutlich klargemacht: dass bei uns nicht jeder sein eigenes Geld herstellen darf, wie er es gerade braucht. Es wird streng bestraft, weil nur die Bundesbank das darf. Wirklich, ich habe ihm das erklärt.

Aber wahrscheinlich wäre es besser gewesen, wenn ich das nicht getan hätte.

Alltags-Lehrbuch für die 34. Klasse

Was die Sachen wert sind

Alle Sachen, die es gibt, haben an und für sich überhaupt keinen Wert. Den bekommen sie erst, wenn sie jemand braucht. Daraus ergibt sich, dass verschiedene Sachen für verschiedene Menschen auch einen ganz verschiedenen Wert haben. Alle vernünftigen Leute sind sich darüber einig, dass eine Sache immer dem gehören soll, der sie am nötigsten braucht. Nur die Erwachsenen verstehen das nicht und streiten sich immer wieder um Dinge. Man darf ihnen deshalb nicht böse sein. Erwachsene sind nun mal ziemlich dumm.

Überlege:

Für wen ist der Schatten eines Baumes am wertvollsten:

a) Für den, der einen Kübel Milch ins Kühle stellen will?
b) Für den, der sich beim Spielen dort verstecken will?
c) Für den, der unter dem Baum ein gemütliches Schläfchen machen will?

Warum gehst du nicht lieber hinaus und pflanzt einen neuen Baum?

Am nächsten Tag, kurz vor dem Mittagessen, hämmerte plötzlich jemand an die Wohnungstüre. Als ich aufmachte, stand da ein Polizist und hatte Michell am T-Shirt gepackt. Es war übrigens ein T-Shirt, auf dem ein Mann mit einem dicken Schnurrbart das Hütchenspiel spielte. Man konnte mit ihm wetten, unter welchem Becher die Erbse steckte, aber man verlor jedes Mal.

»Ist das Ihr Kind?«, fragte der Polizist.

»Äääh …«, sagte ich. Ich konnte dem Polizisten ja nicht gut erklären, dass Michell von einem anderen Planeten zu Besuch gekommen war. Also sagte

ich nur: »Äääh …« Und fragte dann: »Michell! Wieso bringt dich die Polizei nach Hause? Hast du etwas angestellt?«

Michell antwortete nicht. Nur der Hütchenspieler auf seinem T-Shirt machte dem Polizisten eine lange Nase.

»Was wollen Sie von dem Kind, Herr Wachtmeister?«

»Hier stelle ich die Fragen«, sagte der Beamte streng. Die Taschen seiner Uniformjacke waren ausgebeult, als ob er dort viel zu viel hineingestopft hätte. »Also: Ist das Ihr Kind?«

Wie war das mit den einfachen Dingen, die so schwer zu erklären sind?

»Nicht direkt«, sagte ich. »Ich meine … in einem gewissen Sinn schon.«

»Ja oder nein?«

»Äääh …«, sagte ich.

»Auf der Wache werden Sie schon reden!« Der Polizist legte eine Hand an die Hosennaht – nur eine, denn mit der andern hielt er immer noch Michell am Kragen fest – und sagte mit einer ganz offiziellen Stimme: »Sie sind vorläufig festgenommen. Wegen Verdachts der Beihilfe zu einer strafbaren Handlung.«

Der Hütchenspieler auf Michells T-Shirt machte ihm schon wieder eine lange Nase.

»Jetzt kommen Sie erst einmal rein, Herr Wachtmeister«, sagte ich beruhigend. »Ich bin sicher, das ist alles nur ein Missverständnis.«

Wir saßen dann im Wohnzimmer. Das heißt: Michell und ich saßen. Der Polizist blieb stehen und bewachte uns.

»Um was für eine strafbare Handlung soll es denn gehen?«, fragte ich.

»Tun Sie nicht so harmlos«, sagte der Beamte. »Sie wissen ganz genau, wovon ich rede.« Er fasste in die Tasche seiner Uniformjacke und holte einen Packen Geldscheine heraus. Und einen zweiten aus der anderen Tasche. Und noch einen. Und noch einen. Jetzt war mir klar, warum die Taschen so ausgebeult gewesen waren.

Er stapelte die Geldscheine auf dem Wohnzimmertisch. Es wurde ein hübscher kleiner Turm.

»Na, was ist das?«, fragte der Polizist.

Der Hütchenspieler auf dem T-Shirt tippte sich an die Stirn. Es war ja auch wirklich keine sehr kluge Frage gewesen. Was da auf dem Tisch lag, war deutlich zu erkennen: Geld.

Sehr viel Geld.

So viel Geld, dass ich vor Staunen ins Stottern kam.

»Aber das sind ja … das sind ja mindestens …«

»Exakt einhunderttausend Euro«, sagte der Polizist ganz stolz. »Ich habe das dienstlich festgestellt.«

Michell hatte die ganze Zeit trotzig geschwiegen. Jetzt sagte es zum ersten Mal etwas. »Das ist nicht Ihr Geld!«, sagte Michell. »Das haben Sie gestohlen!«

Der schnurrbärtige Mann auf seinem T-Shirt nickte zustimmend.

»Beschlagnahmt«, sagte der Polizist würdevoll.

»Es ist mir egal, wie Sie das nennen«, sagte Michell. »Gestohlen ist gestohlen.«

Der Mann auf dem T-Shirt applaudierte.

»Das Geld gehört dem alten Mann!«

»Welchem alten Mann?«, fragte ich.

»Der immer auf dem Marktplatz hinter seinem Hut auf dem Boden sitzt. Mit dem großen Schild ›Ich habe Hunger‹.«

»Ein einschlägig bekannter Stadtstreicher«, sagte der Polizist. »Ein sehr verdächtiges Subjekt. Wir haben ihn schon oft völlig mittellos aufgegriffen.«

»Er ist nicht mittellos!«, protestierte Michell, und der Hütchenspieler schüttelte gleichzeitig den Kopf.

»Er hat keinen Cent!«

»Das stimmt«, sagte Michell. »Einen Cent hat er nicht. Aber Euros schon. Exakt einhunderttausend Euro. Und die haben Sie ihm weggenommen!«

»Beschlagnahmt!«

»Entschuldigen Sie, Herr Wachtmeister«, sagte ich, »aber ich verstehe kein Wort. Könnten Sie mir bitte erklären, wovon hier eigentlich geredet wird?«

Der Polizist hatte auf dem Markt einen Rundgang gemacht. Polizisten machen ihre Rundgänge gern auf dem Markt, weil sie dort immer mal wieder einen Apfel oder eine Banane oder sogar eine Portion Pommes geschenkt kriegen. Direkt neben der Frittenbude saß der alte Mann auf dem Boden und hatte, obwohl das Betteln auf dem Markt streng verboten ist, seinen Hut vor sich hingestellt, damit ihm die Passanten ein paar Münzen hineinwerfen sollten.

»Ich hätte über diesen Verstoß vielleicht hinweggesehen«, sagte der Polizist, »man ist ja kein Unmensch.«

»Ha!«, machte Michell.

»Aber dann musste ich feststellen, dass der Hut mit Bündeln von Banknoten gefüllt war. Ein Bettler und hunderttausend Euro! Das muss man sich mal vorstellen! Ich habe das Geld natürlich sofort beschlagnahmt.«

»Gestohlen«, sagte Michell.

»Beschlagnahmt!«, wiederholte der Polizist.

»Und wieso?«, fragte ich.

»Das ist doch offensichtlich. Wenn ein bekannterweise mittelloser Mann plötzlich über eine Summe in dieser Größenordnung verfügt, kann er sich das Geld nur auf kriminelle Weise angeeignet haben.«

»Was heißt ›kriminell‹?«, fragte Michell. Aber das war nun wirklich nicht der Moment, um ihm eines dieser schwierigen einfachen Wörter zu erklären.

»Ich wollte den Verdächtigen gerade einem Verhör unterziehen«, fuhr der Polizist fort, »als das hier anwesende Kind mich anfiel und mit voller Wucht gegen das Schienbein trat.«

»Ich wollte ihn ja ganz woandershin treten«, sagte Michell, »aber ich kam nicht rauf. Er ist zu groß für mich.«

Ich war total verblüfft. Bisher war Michell immer so friedlich und freundlich gewesen und jetzt, auf einmal …

»Was ist denn in dich gefahren?«, fragte ich streng.

»Nichts ist in mich gefahren. In mich hinein gibt es überhaupt keine Straße.«

»Warum hast du den Herrn Wachtmeister getreten?«

»Ich habe doch gedacht: Er ist ein Räuber, der dem alten Mann das Geld wegnimmt.«

Der Mann auf dem T-Shirt ballte die Fäuste, als

ob er mit dem Beamten gleich einen Boxkampf austragen wollte.

»Körperverletzung und Widerstand gegen die Staatsgewalt«, sagte der Polizist. »Ein ganz klarer Fall. Aber das ist ja bei Weitem nicht das Schlimmste. Das hier anwesende Kind hat zugegeben, die Euroscheine im Hut des Bettlers deponiert zu haben.«

»Aber, Michell«, sagte ich vorwurfsvoll. »Hast du schon wieder Geld nachgemacht?«

Michell senkte schuldbewusst den Kopf.

Der Hütchenspieler tat es ihm nach.

»Aha!«, sagte der Polizist. »Falschmünzerei auch noch! Da bin ich ja scheinbar auf einen ganz schweren Fall von Bandenkriminalität gestoßen. Los! Aufstehen! Mitkommen!«

»Jetzt warten Sie doch mal einen Moment, Herr Wachtmeister«, sagte ich. »Das ist alles nur ein Missverständnis.«

Aber der Polizist wollte nichts hören. Er griff nach den Handschellen, die an seinem Gürtel befestigt waren, und ließ sie aufschnappen. Als ich ihm nicht sofort folgsam meine Hände hinstreckte, zog er sogar seine Pistole und richtete sie drohend auf mich.

»Hände hoch! Keine falsche Bewegung!«

»Was ist das, was der da in der Hand hat?«, fragte Michell.

»Eine Pistole«, sagte ich. »Das ist eine Waffe. Mit der kann man jemanden schwer verletzen oder sogar umbringen.«

»Umbringen?«, sagte Michell. »Das ist jetzt aber nicht sehr intelligent.«

Ein Bettler kriegt Fritten

Michells Hände spielten wieder mal auf einem unsichtbaren Klavier. Die Melodie hätte ich wirklich gern einmal gehört.

Der Polizist machte ein schrecklich dummes Gesicht, starrte seine leere Hand an und fragte: »Wo ist meine Pistole hingekommen?«

»Ich hab sie weggeräumt«, sagte Michell freundlich, »damit nicht noch etwas Schlimmes passiert.«

Das Gesicht des Polizisten wurde noch dümmer, und auf Michells T-Shirt wollte sich der Hütchenspieler ausschütten vor Lachen.

»Was?«, stammelte der Polizist. »Wie? Wo?« Ich glaube nicht, dass er auf diese Fragen wirklich eine Antwort erwartete.

Michell schüttelte nachdenklich den Kopf. »Weißt du, was ich überhaupt nicht verstehen kann?«, sagte es. »Dass man auf eurem Planeten Erwachsene mit so gefährlichen Sachen spielen lässt. Das ist ja noch nicht mal was für Kinder.«

»Wo? Wie? Was?«, sagte der Polizist.

Michell ging mitleidig zu ihm hin und tätschelte ihm tröstend den Rücken. »Nicht weinen«, sagte es. »Sie finden schon wieder ein anderes Spielzeug.«

»Wie? Was? Wo?«

»Es wird wohl am besten sein, Herr Wachtmeister«, sagte ich, »wenn Sie sich erst mal aufs Sofa setzen und Michell in aller Ruhe erzählen lassen, was auf dem Marktplatz passiert ist.«

Der Polizist war durch den Verlust seiner Pistole so durcheinander, dass er sich tatsächlich folgsam hinsetzte und zuhörte. Dass er uns eigentlich verhaften wollte, hatte er ganz vergessen.

»Es war nichts Besonderes«, erzählte Michell. »Ich bin auf den Markt gegangen, weil ich ein bisschen zusehen wollte, wie das so ist mit dem Geld und dem Einkaufen. Für meine Klassenarbeit.«

»Gehst du denn schon zur Schule?«, fragte der Polizist.

»Ich gehe *noch* zur Schule«, antwortete Michell. Die Lippen des Polizisten bewegten sich lautlos. Wahrscheinlich sagte er schon wieder: »Wie? Was? Wo?«

»Es war aber ziemlich langweilig«, erzählte Michell weiter. »Ich verstehe überhaupt nicht, warum ihr solchen Spaß an dieser Einkauferei habt. Es ginge alles viel schneller, wenn man sich die Sachen schenken würde. Die Leute haben auch nur lauter ganz gewöhnliche Dinge eingekauft. Kein Einziger ein Auto oder zehntausend Kilo Brot.«

Auch der kleine Mann auf dem T-Shirt schien die Geschichte langweilig zu finden. Er versteckte die Erbse unter einem seiner Becher und schob die dann in rasendem Tempo umeinander herum.

»Dann hab ich den alten Mann gesehen«, sagte Michell, »und auf seinem Schild stand, er habe Hunger. Ich habe ihn gefragt, warum er nicht einfach zum Bäckerstand geht und sich ein Kilo Brot kauft, aber er hat gesagt, er habe kein Geld und müsse darauf warten, dass ihm jemand welches in seinen Hut schmeißt. Und da hab ich ihm halt welches reingeschmissen.«

»Hunderttausend Euro?«

»Er hatte sehr großen Hunger. Sein Magen war so wütend darüber, dass er ganz laut geknurrt hat.«

»Es war ja nett, dass du ihm helfen wolltest«,

sagte ich vorwurfsvoll. »Aber ich habe dir doch erklärt, dass man kein Geld nachmachen darf. Du hast es mir versprochen.«

»Was ich verspreche, halte ich auch«, sagte Michell.

»Aber du hast ...«

»Das war kein nachgemachtes Geld.«

»Sondern?«

»Richtiges.«

»Woher? Wieso? Warum?« Der Polizist war zwar immer noch durcheinander, aber er hatte sich immerhin ein paar neue Fragen ausgedacht.

»Ja, Michell, das möchte ich auch wissen: Woher hattest du das Geld?«

»Du hast doch gesagt, nur die Bundesbank darf Euro herstellen. Da hab ich sie mir halt dort geholt.«

»Bankraub!«, schrie der Polizist. »Das wird ja immer schlimmer! Du bist verhaftet!« Er fummelte mit seinen Handschellen herum und wollte sie Michell anlegen. Aber plötzlich, ich weiß auch nicht, warum, saßen sie an seinen eigenen Handgelenken, und er konnte die Hände nicht mehr bewegen. Ich habe Michell in dem Augenblick nicht angesehen und bin deshalb nicht sicher, ob es etwas damit zu tun hatte.

Aber ich glaube schon.

»Was? Wie? Wo?«, sagte der Polizist. Er war wieder bei seinen alten Fragen angekommen. Er hatte ja auch noch keine Antworten darauf bekommen.

»Aber, Michell«, sagte ich tadelnd, »du kannst dir doch nicht einfach Geld aus der Bundesbank holen!«

»Die haben dort jede Menge davon. Und sie kaufen gar nichts damit, sondern stapeln es nur im Keller.«

»Wie bist du denn in den Tresor reingekommen?«

»Überhaupt nicht«, sagte Michell. »Das wäre mir viel zu umständlich gewesen. Ich habe das Geld einfach aus der Bank rausgedacht.«

»Wie? Was? Wo?«, sagte der Polizist und schepperte vor Aufregung mit seinen Handschellen.

»Rausgedacht?«, fragte ich. »Geht denn das?«

»Wenn man gut denken kann, schon.«

»Na schön«, sagte ich, »du bist in die Bank nicht wirklich eingebrochen. Trotzdem war das nicht richtig, was du gemacht hast.«

»Wenn der alte Mann aber doch solchen Hunger hatte!«

Wirklich übelnehmen konnte ich Michell die Sache nicht. Es war ja alles aus guter Absicht geschehen. Im Übereifer einer guten Tat. Ich versuchte, auch den Wachtmeister davon zu überzeugen, und schlug ihm vor, die ganze Sache einfach zu vergessen. Aber davon wollte er nichts wissen.

»Ich bin Beamter und habe meine Pflicht zu tun«, sagte er. »Schließlich liegt der Beweis für die Straftat hier auf dem Tisch. Hunderttausend Euro in bar.«

»Die müssen gleich wieder zurück zur Bundesbank«, sagte ich.

»Schade.« Michell machte ein enttäuschtes Gesicht, aber es spielte gehorsam mit seinen Händen Klavier – und schon war das Geld vom Wohnzimmertisch verschwunden.

Was sagte der Polizist dazu? Na?

Genau. »Wie? Was? Wo?«, sagte er. Und dann: »Wo ist das Geld jetzt?«

»Im Tresor der Bundesbank«, sagte ich.

»Ich hab es wieder zurückgedacht«, erklärte Michell.

»Und meine Pistole?«

Der schnauzbärtige Mann auf dem T-Shirt hob einen der Becher auf, mit denen er die ganze Zeit herumgespielt hatte. Darunter kam die Pistole zum Vorschein. Sie war jetzt allerdings so winzig, dass man sie als Schlüsselanhänger hätte benutzen können.

»So können Sie niemandem mehr damit wehtun«, sagte Michell. »Sie bekommen sie zurück,

DENKBUCH
FÜR DIE 1. KLASSE

Erstes und einziges Kapitel

Ein Ziel erreicht man dann am besten, wenn man ganz fest daran denkt, dass man es erreichen kann. Wenn man erst anfängt, sich zu überlegen, was alles nicht funktionieren könnte, dann hat man sein Ziel schon aufgegeben und wird es ganz bestimmt nicht erreichen.

Einzige Aufgabe für diese Klasse:
Denke dir ein schönes Ziel aus und erreiche es.

wenn der alte Mann satt ist. Am besten, Sie gehen jetzt gleich auf den Markt zurück und laden ihn zu einem feinen Essen ein. Fritten und Schokoladenkuchen und ganz viel Erdbeermarmelade.«

»Ich weiß nicht, ob das zusammenpasst«, sagte ich.

»Was einem schmeckt, passt immer zusammen.«

»Einverstanden, Herr Wachtmeister?«

»Ja, schon«, sagte der Polizist kleinlaut. »Aber wie soll ich das alles meinen Kollegen auf der Wache erzählen? Hunderttausend Euro, die da sind und dann plötzlich wieder verschwunden! Meine Dienstpistole zusammengeschrumpft auf einem lächerlichen T-Shirt!«

Der Hütchenspieler machte ein beleidigtes Gesicht. Das Wort »lächerlich« hatte ihm gar nicht gefallen.

»Am besten erzählen Sie Ihren Kollegen einfach nichts davon«, sagte ich. »Man kann ja auch einmal etwas für sich behalten.«

»Aber sie werden es doch sehen!«

»Was?«

Der Polizist streckte seine Arme aus. Er war immer noch mit den eigenen Handschellen gefesselt.

»Oh, Entschuldigung!«, sagte Michell. Es klimperte mit seinen Fingern, und ganz plötzlich waren die Handschellen wieder offen.

Der Polizist ging bedeutend weniger stramm aus der Tür, als er hereingekommen war.

Und der alte Mann, so hat er uns das später erzählt, vertilgte an diesem Tag fünf Portionen Fritten hintereinander.

Mit Schokoladenkuchen.

Und Erdbeermarmelade.

Das alte Kind läuft Weltrekord

Wenn ihr ein Buch lest …

(Woher ich weiß, dass ihr gern Bücher lest? Blöde Frage: Ihr lest doch grade eins!)

Also, wenn ihr ein Buch lest – passiert es euch dann auch manchmal, dass ihr ringsumher alles vergesst, was nichts damit zu tun hat? Dass ihr manchmal sogar, wenn eure Eltern schon lange das Licht ausgemacht und befohlen haben: »Jetzt wird aber endlich geschlafen!«, mit der Taschenlampe unter der Bettdecke weiterlesen müsst?

Dem alten Kind ging es so. Michell hatte es immer so eilig, zu seinem Buch zurückzukommen, dass es deswegen einmal fast einen Sportpokal gewonnen hätte.

Es war an einem Sonntagnachmittag, und draußen war wunderschönes Wetter, genau richtig für einen Spaziergang im Grünen. Natürlich wollte ich das alte Kind mitnehmen, aber als ich nach ihm rief, war es gerade in ein Buch vertieft und machte nur »Mmm …«, was in jeder Sprache der Welt so ungefähr heißt: »Was immer du auch von mir willst, ich habe jetzt keine Zeit dafür.«

»Michell!«, wiederholte ich lauter.

»Mmm …?« Das hieß: »Ich will zwar immer noch nichts hören, aber du wirst mich wohl nicht in Ruhe lassen.«

»Du könntest mir ruhig Antwort geben.«

»Wieso?«

»Das wäre höflich. Du musst mich schließlich gehört haben. Wir sind ja im gleichen Zimmer.«

»Ich nicht«, sagte Michell. »Ich bin ganz woanders.«

»Wo denn?«

»Am Nordpol.«

»Wie bitte?«

»Der Polarforscher, der dieses Buch geschrieben hat, ist gerade dort angekommen, aber jetzt ist plötzlich ein ganz schlimmer Schneesturm ausgebrochen, sein Kompass funktioniert nicht mehr, und ich glaube, Eisbären hat es auch. Ich bin furchtbar gespannt, ob er da wieder lebendig rauskommt.«

»Natürlich kommt er lebendig raus«, sagte ich. »Sonst hätte er doch hinterher kein Buch darüber schreiben können.«

»Das ist nicht sehr intelligent«, sagte das alte Kind.

»Das ist logisch«, sagte ich.

»Es ist aber nicht sehr intelligent, logisch zu denken, wenn man sich genauso gut überraschen lassen kann. So, und jetzt will ich weiterlesen.«

»Ich möchte dich zuerst etwas fragen.«

»Wenn es sein muss«, sagte Michell widerwillig und klappte das Buch zu. Den Daumen behielt es aber zwischen den Seiten, um so schnell wie möglich weiterlesen zu können.

»Ich will einen Ausflug in den Stadtwald machen. Kommst du mit?«

»Danke für das Angebot. Aber ich kann hier genauso gut lesen.«

»Im Wald wären wir an der frischen Luft.«

»Viel zu kalt.«

»Kalt? Es ist ein wunderschöner Sommertag.«

»Vierzig Grad unter null. Mindestens.«

»Im Stadtwald?«

»Am Nordpol. Kann ich jetzt bitte weiterlesen?«

Jetzt erst bemerkte ich, was für ein T-Shirt Michell an diesem Tag angezogen hatte. Es zeigte einen Iglu, aus dessen Kamin grauer Rauch aufstieg. Und es schneite. Auf dem T-Shirt. Fragt mich jetzt bitte nicht, wie das geht!

Michell hatte sein Buch schon wieder aufgeschlagen, aber so leicht ließ ich mich nicht abwimmeln.

»Ein bisschen rausgehen würde dir guttun«, sagte ich.

»Mit Lesen aufhören würde mir gar nicht guttun«, sagte das alte Kind.

»Dein Körper braucht Bewegung!«

»Mir hat er nichts davon gesagt.«

»Es muss ja nicht lang sein. Nur eine Runde durch den Wald. Mir zuliebe.«

»Und dann darf ich wieder an den Nordpol?«

»Versprochen.«

»Na schön.«

Das alte Kind schmiss das Buch in die Ecke und stand eine Sekunde später schon in der Türe, zum Weggehen bereit. »Los, beeil dich!«, rief es. »Ich hab nicht viel Zeit!«

Aus dem Iglu auf seinem T-Shirt kam ein kleiner Eskimo mit einer winzigen Pelzkapuze auf dem Kopf heraus und schimpfte: »Immer diese Störungen! Und dabei war ich grade an einem so interessanten Buch!«

Der Ausflug in den Stadtwald verlief anders, als ich ihn mir vorgestellt hatte. Eigentlich hatte ich einen ganz ruhigen Spaziergang geplant, wollte nur ganz gemütlich zwischen den Bäumen flanieren und das schöne Wetter genießen. Aber Michell hatte andere Pläne. Kaum waren wir angekommen, da sagte es auch schon: »Also, abgemacht – *eine*

Runde! Ich treff dich dann zu Hause wieder.« Und rannte los. Und zwar in einem so unwahrscheinlichen Tempo, dass der kleine Eskimo hinten aus seinem Iglu rausflog und sich gerade noch mit Mühe am T-Shirt festhalten konnte. Zum Glück hatte er seine Harpune dabei und konnte die im Stoff festhaken.

Nullkommaplötzlich war das alte Kind hinter der nächsten Wegbiegung verschwunden, und ich hörte nur noch seine Stimme, die von immer weiter her rief: »Tschüss! Ich muss zum Nordpol!«

Ich muss ziemlich verblüfft dagestanden haben, aber ich sah bestimmt nicht halb so belämmert aus wie der fremde Mann, der mir ein bisschen später auf dem Weg entgegenkam und ein Gesicht machte, als ob er gerade ein Gespenst gesehen hätte. Oder einen Menschen mit zwei Köpfen. Oder eben das alte Kind, das es einmal so richtig eilig hatte.

»Das gibt's doch nicht!«, sagte der Mann. Eine Stoppuhr hing ihm an einer Schnur um den Hals, und auf die starrte er wie jemand, der seinen eigenen Augen nicht traut. »Das darf doch einfach nicht wahr sein!«

»Was darf nicht wahr sein?«, fragte ich.

»Das ist doch verrückt! Das ist doch Wahnsinn! Das ist doch überhaupt nicht möglich!«

»Was?«

»Was ich da grade gesehen habe.«

»Das ist jetzt aber nicht sehr intelligent«, sagte ich. »Wenn es nicht passiert wäre, hätten Sie es auch nicht sehen können. Also ist es passiert. Und wenn es passiert ist, dann ist es auch möglich.«

»Aber dieses Kind«, sagte der Mann und trat vor Aufregung von einem Fuß auf den andern, »dieses Kind mit dem komischen T-Shirt ... Ist das Ihres?«

»Das T-Shirt?«

»Das Kind!«

»Na ja«, wich ich aus. »Mehr oder weniger schon.«

»Das ist ja auch völlig egal«, sagte der Mann.

»Darauf kommt's überhaupt nicht an. Ab sofort kümmere ich mich darum. Das muss ein Profi machen und nicht ein Amateur.«

»Könnten Sie mir bitte erklären, wovon Sie überhaupt reden?«

»Entschuldigen Sie«, sagte der Mann und stand einen Moment lang still. »Ich habe mich noch gar nicht vorgestellt. Mein Name ist Heuberger. Harald Heuberger vom Sportklub Stadtwald. Ich warte schon seit Jahren auf so ein Kind.«

»Ja, kennen Sie es denn?«, fragte ich ganz überrascht.

»Auf das Kennen kommt's nicht an. *Erkennen* muss man so etwas. Auf den ersten Blick erkennen. Dieses Kind ist etwas ganz Besonderes.«

»Das ist mir allerdings auch schon aufgefallen.«

»Aha!«, sagte Herr Heuberger und sah mich ganz misstrauisch an. »Sie sind also auch Trainer?«

»Ich bin Schriftsteller.«

»Aber Sie verstehen etwas von Sport?«

»Nicht wirklich«, sagte ich. »Ich jogge zwar ab und zu, aber –«

»Jogging ist falsch!«, unterbrach mich der Mann. »Völlig falsch! Auf der Bahn muss das Kind laufen! Intervalltraining! Immer hundert Meter mit vollem Speed, dann dreißig Sekunden Pause und gleich noch einmal hundert Meter. Und dann, zum Abschluss, einen Fünfzehnhunderter für die Ausdauer!«

»Ich verstehe nicht ...«

»Natürlich verstehen Sie nichts«, sagte Herr Heuberger und fuchtelte mir mit dem Zeigfinger vorwurfsvoll vor der Nase herum. »Keine Ahnung haben Sie. Darum haben Sie das Kind bisher auch völlig falsch trainiert. Aber das wird jetzt alles anders, wenn ich es übernehme!«

Jetzt hatte ich endlich kapiert, was er wollte. »Sie meinen, Michell habe Talent für den Sport?«

»Talent???«, sagte Herr Heuberger und sah mich so verächtlich an wie ein Lehrer einen Schüler, der gerade behauptet hat, dass zwei mal zwei siebenunddreißig gebe. »Hatte Mozart für die Musik bloß Talent? Oder Picasso für die Malerei? Genie nennt man das! Dieses Kind ist ein Wunder!«

»Jetzt übertreiben Sie aber!«

»Bitte«, sagte Herr Heuberger ganz beleidigt, »dann glauben Sie nicht mir, glauben Sie meiner Stoppuhr. Eine Stoppuhr lügt nicht!«

»Haben Sie die immer dabei?«

»Natürlich. Ein Trainer ohne Stoppuhr ist wie ein Boxer ohne Handschuhe. Aber unterbrechen Sie mich nicht! Wie weit ist die Strecke von diesem Abfalleimer bis zur nächsten Kreuzung?« Er schnippte ungeduldig mit den Fingern. »Na? Na?«

»Etwa hundert Meter?«

»Nicht *etwa*. Ganz genau, haarscharf und abgemessen hundert Meter. Ich weiß das. Ich trainiere nämlich meine Junioren hier im Wald. Und wie lange hat Ihr Kind für diese hundert Meter gebraucht?«

»Nicht sehr lange, denke ich.«

Er äffte mich verächtlich nach. »›Nicht sehr lange‹, sagt er. Sie verstehen wirklich nichts vom Sport. Acht Komma neun Sekunden waren das! Und wissen Sie, was das bedeutet?«

»Keine Ahnung.«

»Weltrekord!«, sagte Herr Heuberger. »Ihr Kind ist gerade Weltrekord gelaufen!«

Sport ist, wenn man schneller rennt

Ich habe Herrn Heuberger dann eingeladen, mich nach Hause zu begleiten. Es blieb mir gar nichts anderes übrig. Ich glaube, wenn ich es nicht getan hätte, wäre er trotzdem mitgekommen. So begeistert war er von dem Gedanken, aus Michell einen Spitzensportler zu machen. Auf dem Weg redete er die ganze Zeit auf mich ein.

»Im nächsten Monat ist das große Sportfest«, sagte Herr Heuberger. »Da muss das Kind zum ersten Mal an den Start. Für den Sportklub Stadtwald natürlich! Und wissen Sie, was dann passieren wird? Gewinnen werden wir! In allen Disziplinen! Jawohl! Einen ganzen Koffer voller Pokale werden wir nach Hause bringen. Hundert Meter! Zweihundert Meter! Vierhundert Meter!«

»Aber –«, versuchte ich ihn zu unterbrechen, aber es gelang mir nicht.

»Ich bin noch nicht fertig«, sagte Herr Heuberger streng und zählte weiter auf. »Fünfzehnhundert Meter! Fünftausend Meter! Zehntausend …«

»Aber –«, sagte ich zum zweiten Mal.

»Halten Sie sich da raus! Sie haben ja selber zugegeben, dass Sie vom Sport nichts verstehen. Dieses Kind ist *meine* Entdeckung, und es startet für *meinen* Verein!«

»Aber«, kriegte ich den Satz endlich zu Ende, »sollten wir das Kind nicht zuerst fragen, ob es überhaupt Lust dazu hat?«

»Natürlich hat es Lust«, sagte Herr Heuberger. »Jedes Kind auf diesem Planeten will schneller rennen können als die andern.«

»Das mag ja sein. Aber wissen Sie, Herr Heuber-

ger, dieses Kind, das ist … äh … das ist kein gewöhnliches Kind.«

»Das hab ich auch selber gemerkt«, sagte Herr Heuberger verächtlich. »Auf den ersten Blick. Als Trainer hat man ein Auge für so etwas. Das ist kein Kind wie alle andern.«

»Sie haben also gemerkt, dass es …?«

»… von einem andern Planeten kommt?«, wollte ich eigentlich sagen, aber Herr Heuberger fiel mir schon vorher ins Wort.

»… dass es ein leichtathletisches Wunderkind ist? Das war mir auf den ersten Blick klar. Also los, vorwärts, vorwärts!«

Als wir zu Hause ankamen, war Michell mit seinem Buch fertig. Der kleine Eskimo mit seinem wohl noch nicht, denn er war wieder in seinem Iglu verschwunden, und durch die Eisblöcke konnte man eine Lampe schimmern sehen. Das alte Kind begrüßte mich voller Begeisterung.

»Er hat überlebt!«, rief es schon, als wir zur Tür hereinkamen.

»Wer?«

»Der Polarforscher! Der Schneesturm hat ihn nicht umgebracht. Und der Eisbär auch nicht. Nur die Nasenspitze ist ihm ein ganz klein bisschen abgefroren. Aber vielleicht können sie ihm eine neue ansetzen. Aus Kunststoff. Ich würde ja lieber eine aus Silber haben wollen. Oder aus Gold. Das glänzt dann so schön.«

»Ich habe dir jemanden mitgebracht«, fing ich an, aber heute war scheinbar der Tag, an dem mich niemand ausreden ließ. Das alte Kind war mit seinem Redeschwall noch nicht zu Ende. »Du musst entschuldigen, dass ich es vorhin so eilig hatte«, sagte es. »Aber stell dir vor: Wenn genau in dem Moment, wo ich nicht weitergelesen habe, etwas Wichtiges passiert wäre – da hätte ich es ja verpasst. Darum bin ich so gerannt. Eine ganze Runde, wie versprochen.«

»Rennen ist immer gut«, mischte sich Herr Heuberger ein. »Dafür muss man sich nie entschuldigen. Wenn ich dich erst richtig trainiert habe, wirst du noch viel schneller rennen können. Du musst nur immer machen, was ich dir sage, dann wird etwas aus dir.«

»Aus mir ist schon was geworden«, sagte Michell.

»So? Was denn?«

»Ich.«

»Hä?«

»Schließlich bin ich jemand.«

»Im Leben vielleicht. Aber noch nicht im Sport.«

»Da, wo ich herkomme«, sagte Michell, »ist das nicht so ein großer Unterschied.«

»Erklär mir nicht, was Sport ist«, sagte unser Gast, der überhaupt nicht zugehört hatte. »Im Sport kenne ich mich aus.«

»So? Sind Sie ein Spitzenathlet?«

»Viel besser: Ich bringe andere an die Spitze. Heuberger mein Name, Harald Heuberger vom Sportklub Stadtwald. Ich bin dort der Jugendtrainer.« Er sprach das Wort so stolz aus, als sei ein Jugendtrainer so etwas wie ein Popstar mit einem halben Dutzend goldener CDs. Mindestens einem halben Dutzend.

»Wie schön für Sie«, sagte das alte Kind ohne Interesse. Dann drehte es ihm den Rücken zu und sagte zu mir: »Von dem Polarforscher gibt's noch ein zweites Buch. Das habe ich mir auch in der Bibliothek geholt. Diesmal reist er zum Südpol. Ich glaube, ich gehe das jetzt lesen.«

»Halt!«, sagte Herr Heuberger und versperrte ihm den Ausgang. »Weißt du denn überhaupt, was ein Trainer ist?«

»Jemand, der zum Nordpol fährt?«

»Falsch.«

»Zum Südpol?«

»Auch falsch.«

»Dann interessiert es mich nicht.« Auf Michells T-Shirt hatte es wieder ganz heftig zu schneien begonnen. Das hatte wohl etwas damit zu tun, dass es gerade ganz stark an seinen Polarforscher dachte. Herr Heuberger bemerkte nichts davon. Er war viel zu sehr mit all den Rekorden beschäftigt, die Michell für ihn übertreffen sollte.

»Ich finde, ich renne schnell genug«, sagte Michell.

»Aber du könntest immer noch schneller und noch schneller werden! Stell dir vor: Wenn du die hundert Meter jedes Mal eine Zehntelsekunde schneller läufst und am nächsten Tag noch eine Zehntelsekunde schneller und dann noch eine Zehntelsekunde ...«

»... dann komme ich irgendwann am Ziel an, noch bevor ich losgerannt bin.«

»Wie? Was? Wieso?«, sagte Herr Heuberger. Vielleicht war er mit dem Polizisten verwandt.

»Was hat man denn davon, wenn man immer noch schneller rennt?«, fragte Michell.

»Du könntest einen Pokal gewinnen!«

»Oder ein Buch über Polarforscher?«

»Nein«, sagte Herr Heuberger. »Bei Wettkämpfen gibt es keine Bücher. Nur Pokale oder Medaillen.«

»Dann hab ich kein Interesse.«

Herr Heuberger schluckte.

Aber dann war Michell doch zu neugierig und

LEHRBUCH FÜR DAS TURNEN IN DER 4. KLASSE

Eine besonders gute Übung für die Stärkung der Bauchmuskulatur ist das Sammeln von Aguapi-Pilzen. Dabei muss man sich nicht nur regelmäßig bücken, sondern hat hinterher auch eine äußerst wohlschmeckende Mahlzeit.

Erste Übung: Sammle einen großen Korb Aguapi-Pilze, bereite sie zu und lade ein paar Freunde zum Essen ein!

Zweite Übung: Finde jemanden, der eben die erste Übung gemacht hat, und lass dich von ihm zum Essen einladen! Aguapi-Pilze schmecken nämlich auch dann ausgezeichnet, wenn jemand anderes sie gesammelt hat.

musste eine Frage stellen. »Was ist das überhaupt: ein Wettkampf?«

»Pass auf, ich erklär es dir«, fing ich an.

Herr Heuberger, der es nicht mochte, wenn jemand anderes auch etwas sagen wollte, fauchte mich an: »Mischen Sie sich nicht ein! Sie bringen das arme Kind ja völlig durcheinander.«

»Dann geh ich mal einen Kaffee kochen«, sagte ich und verzog mich in die Küche. Das alte Kind würde mit diesem Trainer schon fertig werden, dachte ich. Er würde noch ein paarmal »Wie? Was? Wieso?« sagen und sich dann verziehen.

Aber es kam anders. Vielleicht hat so ein Trainer einfach Übung darin, andere Leute zu überreden. Wie auch immer: Es ist eine Tatsache, dass sich das alte Kind bereit erklärte, an diesem Sportfest teilzunehmen. Oder doch zumindest mal hinzugehen und sich die Sache aus der Nähe anzusehen.

Allerdings ging dann alles ganz anders vor sich, als Herr Heuberger sich das vorgestellt hatte.

Wer am langsamsten rennt, gewinnt

Als es dann so weit war, hatte das alte Kind keine große Lust mehr, mitzukommen. Schließlich hatte es gerade erst das Lesen und die Bücher entdeckt, und Bücher mit Geschichten waren, nach seiner Meinung, die aller-, aller-, allerbeste Erfindung unseres Planeten. Am liebsten hätte es überhaupt nie mehr aufgehört zu lesen. Aber versprochen ist nun mal versprochen, und seine Versprechen hielt Michell immer. Also machten wir uns pünktlich auf den Weg.

Im Auto fiel mir auf, dass sich das alte Kind ständig auf die Schulter klopfte. Immer zuerst auf die linke und dann auf die rechte. Ich brauchte ein ganzes Weilchen, bis ich merkte, dass das etwas mit dem T-Shirt zu tun hatte, das es für den großen Tag trug. Auf dem war nämlich eine Stoppuhr abgebildet. Das ist nichts Besonderes, meint ihr? Ich finde schon, denn die Stoppuhr funktionierte tatsächlich. Wenn sich Michell auf die linke Schulter klopfte, fingen die Zeiger an, sich zu bewegen, und wenn es sich auf die rechte klopfte, hielten sie wieder an. Um die Uhr auf null zurückzustellen, musste man einen Purzelbaum machen. Das ist in einem Auto gar nicht so einfach.

Als wir vor dem Stadion ankamen, in dem das große Sportfest stattfinden sollte, wartete Herr Heuberger schon auf uns. Vor lauter Aufregung galoppierte er an Ort und Stelle, so dass seine eigene Stoppuhr vor dem Bauch auf und ab hüpfte. »Heute werde ich gewinnen«, jubelte er. »Ich werde gewinnen, ich werde gewinnen, ich werde gewinnen.«

»Das ist praktisch«, sagte das Kind. »Wenn Sie selber gewinnen, dann sind Sie sicher nicht böse, wenn ich gleich wieder nach Hause gehe und mit einem neuen Buch anfange?«

»Lesen willst du?« Herr Heuberger machte ein ungläubiges Gesicht. »Lesen, wenn du an einem Rennen mitmachen kannst? Ein Buuuuch?« Er sprach das Wort aus, als ob es etwas Unanständiges wäre. »Wie kommst du auf so eine verrückte Idee?«

»Na ja«, sagte Michell, »wir müssen ja nicht unbedingt beide mitrennen.«

»Ich renne auch nicht mit!«

»Und Sie gewinnen trotzdem?«

»Ich gewinne, wenn du gewinnst«, erklärte Herr Heuberger. »Weil ich der Trainer bin.«

»Das ist aber umständlich«, sagte das alte Kind.

»Wieso machen Sie es nicht selber, wenn Sie doch am besten wissen, wie das geht?«

»Das ist ein Juniorenrennen«, sagte Herr Heuberger. »Da darf man nur an den Start, wenn man nicht älter ist als vierzehn.«

»Dann darf ich sowieso nicht mitmachen. Ich bin nämlich vierhundertneunundneunzig Jahre alt.«

»Sagen Sie bitte Ihrem Kind« – Herr Heuberger sah mich vorwurfsvoll an –, »dass es die dummen Scherze lassen soll.«

»Vielleicht sollten Sie ihm besser erklären, was so schön daran ist, mit anderen um die Wette zu rennen.«

»Motivieren!« Herr Heuberger nickte. »Natürlich. Man muss seine Wettkämpfer motivieren! Also, pass auf«, wandte er sich an Michell. »So ein Rennen ist das Schönste, was es überhaupt gibt. Ein einmaliges Erlebnis, das man genießen muss. Stell dir vor: Du gehst an den Start, und ringsumher jubeln dir die Menschen zu.«

»Wieso jubeln die?«, fragte das alte Kind. »Kriegen die etwas geschenkt?«

»Nein, sie jubeln, weil ... weil ...« Herr Heuberger war das noch nie gefragt worden, und es fiel ihm auch keine Antwort ein. »Sie jubeln halt gern«, sagte er schließlich.

»Prima«, sagte Michell, »dann brauchen sie ja mich nicht dazu. Dann gehe ich jetzt lesen.«

»Nein!!!«, schrie Herr Heuberger. Er schrie es so laut, dass sich alle Leute nach ihm umdrehten. »Du musst bei dem Rennen mitmachen. Ich habe doch schon allen Leuten erzählt, dass ich einen neuen Superstar habe.«

Und dann fing er an zu beschreiben, wie wunderbar so ein Rennen sei, wie man als Sportler jeden Schritt auf der Bahn genießen könne, wie die Begeisterung des Publikums einem so richtig wohltue, wie man in den Bravo-Rufen geradezu baden könne …

»Baden?«, fragte das alte Kind.

»Nicht wörtlich natürlich«, sagte Herr Heuberger.

… und wie man dann, am Ziel angekommen, auf angenehmste Weise erschöpft sei, befriedigt und glücklich.

»Na ja«, meinte das alte Kind, »wenn man davon glücklich wird, dann kann ich es ja mal probieren.«

Michell startete im Vierhundertmeterrennen. Wenn ihr euch auskennt: Das heißt einmal rund um die Bahn. Wenn ihr euch nicht auskennt, heißt es übrigens genau dasselbe.

Als die Läufer zum Start gingen, stand Herr Heuberger neben mir. »Stand« ist eigentlich nicht das richtige Wort, denn er tänzelte, wippte und hüpfte vor Aufregung die ganze Zeit. Stillstehen konnte er keine Sekunde. Das Rennen hatte noch gar nicht angefangen, und er schrie schon aus vollem Hals. »Michell!«, schrie er. Oder eigentlich: »MICHELL!!!!« Oder, noch genauer:

»MICHELL!!!!!!!!!!!!!!«

Dann fiel der Startschuss, und die Läufer rannten los. Alle außer Michell. Das alte Kind spazierte ganz gemütlich hinter den anderen her, schaute sich in alle Richtungen um und hatte es überhaupt nicht eilig.

»Du musst rennen!«, schrie Herr Heuberger. »RENNEN!

RENNEN!!!!!!!!!!!!!!«

Ich weiß nicht, ob Michell ihn gehört hat. Auf jeden Fall zeigte es keinerlei Reaktion. Die anderen Läufer hatten schon die Hälfte der Strecke zurückgelegt, und es war immer noch auf den ersten Metern. Es schlenderte über die Bahn wie jemand, der sich in einem Museum ohne jede Eile von Bild zu Bild treiben lässt.

»RENNEN!!!«, schrie Herr Heuberger. **»RENNEN!!!!!!!!«**

Und dann ganz plötzlich nur noch: **»RENNEN!!!!!!!!!!!!!«** Er war von der eigenen Brüllerei heiser geworden und brachte keinen lauten Ton mehr heraus. In seiner Enttäuschung warf er seine Stoppuhr auf den Boden und trampelte darauf herum.

Die ersten Läufer kamen schon ins Ziel. Aber die Zuschauer hatten nur Augen für das alte Kind, das fröhlich winkend weiterspazierte.

»Wieso rennt Michell denn nicht?«, flüsterte Herr Heuberger, und sein Gesicht war vor lauter Wut schon ganz rot angelaufen.

Das alte Kind brauchte für die vierhundert Meter exakt sechzehn Minuten und einunddreißig neun Zehntel Sekunden. Warum ich das so genau weiß? Weil es sich beim Startschuss auf die linke Schulter geklopft hatte. Und im Ziel dann auf die rechte. Mehr als eine Viertelstunde für vierhundert Meter, das muss auch eine Art Weltrekord sein. Allerdings nicht so einer, wie ihn sich der Jugendtrainer des Sportklubs Stadtwald vorgestellt hatte.

Als Michell endlich zu uns auf die Tribüne kam, war es ganz begeistert. »Sie haben recht gehabt, Herr Heuberger«, sagte es. »So ein Wettrennen macht wirklich Spaß. Die ganze Stimmung und das schöne Wetter und die vielen Leute auf der Tribüne!«

»Du bist ja gar nicht gerannt«, krächzte der Trainer.

»Natürlich nicht«, sagte das alte Kind.

»Aber warum denn nicht?«

»Sonst wäre ich ja viel zu schnell am Ziel angekommen.«

»Darum geht es doch! Je weniger Zeit man braucht, desto besser!«

Das alte Kind schüttelte ganz verwundert den Kopf. »Das verstehe ich nicht. Sie haben doch selber gesagt, dass so ein Rennen ein einmaliges Erlebnis ist und dass man es genießen muss.«

»Ja, natürlich, aber –«

»Ich hab's genossen.«

»Aber es kommt doch darauf an, dass man so schnell wie möglich am Ziel ist.«

»Das ist jetzt wirklich nicht sehr intelligent«, sagte das alte Kind. »Wenn einem etwas Spaß macht, dann will man doch nicht, dass es schnell vorbei ist.«

»Aber ... aber ... aber ...« Herr Heuberger musste erst mal husten, bevor er weitersprechen konnte. »Hast du denn nicht gesehen, wie sich die andern beeilt haben?«

»Doch, natürlich. Für die war das ja auch richtig.«

»Wieso war es für die andern richtig und für dich nicht?«

»Weil sie es nicht genossen haben. Wenn man etwas nicht genießt, dann will man es möglichst schnell erledigt haben. Wenn mir die Beine so wehgetan hätten wie den andern, dann wäre ich auch ganz schnell gerannt, nur damit es wieder aufhört. Für die war das Ganze ja richtig anstrengend.«

»Das muss es auch sein!« Herrn Heubergers Gesicht war unterdessen so rot wie eine Tomate. »Sie haben sich angestrengt, weil sie gewinnen wollten. Und du hättest sie alle überholen können.«

»Das wäre aber nicht nett gewesen«, sagte das alte Kind. »Dann hätte ich ihnen ja die Freude am Gewinnen verdorben.«

»Weltrekord hättest du laufen können!«

Michell nickte. »Schon möglich. Aber wozu?«

Die Frage traf Herrn Heuberger wie ein Schlag in die Magengrube. Er klappte richtig zusammen. Dass jemand nicht gewinnen wollte – das war so ziemlich das Schlimmste, was er sich vorstellen konnte. Als er wieder Worte herausbrachte, wollte er nur eines wissen: »Damals im Stadtwald, als ich dich zum ersten Mal gesehen habe – da bist du doch gerannt wie der Blitz. Wieso?«

»Weil ich zu meinem Buch zurückwollte.«

»Und warum bist du heute nicht gerannt?«

»Ich hab halt noch kein neues Buch angefangen.«

»Ich gebe auf«, sagte Herr Heuberger und schmiss seine Stoppuhr in den nächsten Abfalleimer. »Fertig. Schluss. Aus. Ich erkläre meinen

Rücktritt. Soll doch Jugendtrainer sein, wer will!« Drehte sich um und ging ganz niedergeschlagen weg.

Das alte Kind sah ihm lange nach. »Ein seltsamer Mann«, sagte es. »Wieso ist er jetzt so traurig?«

»Er hat halt von einem Weltrekord geträumt.«

»Weltrekord wäre es sowieso nicht geworden, fällt mir grade ein. Höchstens Erde-Rekord. Auf meinem Planeten können viele noch viel schneller rennen als ich.«

»Macht ihr denn auch Wettrennen?«, fragte ich.

»Nur die Erwachsenen«, sagte das alte Kind. »Weil die noch nicht so vernünftig sind. Die Kinder rennen nur zum Vergnügen.«

Man weint doch nicht im Zoo!

Michell hatte viele ungewöhnliche Fähigkeiten. Zum Beispiel konnte es sich ein riesiges Stück Brot in den Mund stopfen, dick mit Erdbeermarmelade bestrichen und dann beim Kauen einfach weiterreden, ohne das Tischtuch mit Brotkrumen und Marmeladetropfen vollzuspritzen. Versucht bitte nicht, diesen Trick nachzumachen! Ich bin sicher, Michell hat ein paar Hundert Jahre dafür üben müssen.

Wir saßen wieder mal beim Frühstück, etwas später als sonst, weil Sonntag war. Michell hatte gerade in sein dreiunddreißigstes Marmeladebrot gebissen, als ihm eine Frage einfiel.

»Was ist eigentlich ein Zoo?«, fragte Michell. Mit vollem Mund »Zoo« zu sagen, ohne dabei zu spucken, ist ein besonderes Kunststück.

»Ein Ort, wo man sich Tiere ansehen kann.«

»So etwas wie ein Bilderbuch?«

»Nein«, sagte ich. »Keine Bilder. Lebendige Tiere.«

»Bilder sind auch lebendig, wenn man sie richtig anschaut.«

»Im Zoo«, erklärte ich, »gibt es Tiere aus der ganzen Welt. Man kauft sich eine Eintrittskarte, und dann kann man herumlaufen und sie sich ansehen.«

»Das ist aber nett«, sagte Michell.

»Dass es einen Zoo gibt?«

»Dass die Tiere so eine weite Reise machen, nur um sich ansehen zu lassen.«

»Ich glaube nicht, dass die Tiere selber –«, fing ich an, aber Michell kam mir zuvor.

»Wahrscheinlich ist es so eine Art Austausch. Die Tiere kommen hierher in den Zoo, und dafür reisen Menschen in andere Erdteile und lassen sich dort für die Tiere ausstellen.«

»Ist das auf deinem Planeten so?«

»Nein«, sagte Michell. »Wir sind nicht so umständlich.«

Wir sind natürlich noch am gleichen Tag in den Zoo gefahren. Wenn Michell etwas wissen wollte, dann wollte es das sofort wissen.

Für den Ausflug zu den Tieren zog es ein passendes T-Shirt an. Eine Katze und eine Maus waren darauf zu sehen. Als wir aus dem Haus gingen, lief die Katze hinter der Maus her, quer über Michells Bauch. Eine Straße weiter war es dann umgekehrt:

TIERKUNDEBUCH
für die 61. Klasse

VORWORT

In diesem Buch stehen Informationen über ganz viele verschiedene Tiere. Du kannst das Buch lesen oder sogar auswendig lernen, aber du wirst trotzdem noch nicht viel von Tieren verstehen. Viel besser ist es, wenn du dich selber mit den Tieren unterhältst. Wenn sie merken, dass du dich wirklich für sie interessierst, werden sie dir bestimmt gern über alles Auskunft geben.

Aber denk daran: Tiere sind viel beschäftigte Lebewesen und haben nicht immer Zeit für dich.

Wenn du lang auf ein Tier warten musst, kannst du ja zum Zeitvertreib in diesem Buch lesen. Du kannst es aber auch bleiben lassen.

Jetzt lief die Maus hinter der Katze her und versuchte sie zu fangen. Beide Tiere schienen an dem Spiel großen Spaß zu haben.

So ein Zoobesuch, würde man meinen, ist eine ganz einfache Sache, bei der nichts schiefgehen kann. Aber mit Michell wurden auch die einfachsten Dinge immer gleich kompliziert. Andererseits, das muss ich zugeben, wurden manchmal komplizierte Dinge ganz einfach.

Die Probleme fingen schon auf dem Weg zum Zoo an. Man fährt da nämlich mit der Straßenbahn hin, und wir hatten uns kaum hingesetzt, als auch schon ein Kontrolleur vorbeikam, um unsere Fahrscheine zu überprüfen. Das war wieder einmal etwas, das Michell überhaupt nicht verstehen konnte. Es schaute fasziniert zu, wie der Beamte mit strenger Miene von einem Passagier zum andern ging und sich von jedem den Fahrausweis zeigen ließ. »Was macht dieser Mann da?«, fragte es.

»Ich hab dir das doch erklärt: Jeder, der mit der Straßenbahn fahren will, muss vorher einen Fahrschein kaufen.«

»Das weiß ich.«

»Siehst du. Und der Mann kontrolliert jetzt, ob das auch jeder getan hat.«

»Das ist aber nicht sehr intelligent«, sagte Michell. »Kann der denn nicht logisch denken? Wenn jeder, der mit der Straßenbahn fahren will, einen Fahrschein haben muss, dann steigen die Leute natürlich nicht ein, wenn sie keinen haben.«

»Es könnten auch Schwarzfahrer darunter sein.«

Michell sah sich jeden einzelnen Menschen im Wagen gründlich an und schüttelte dann den Kopf. »Nein, es ist kein Einziger schwarz. Alle weiß. Oder genauer gesagt: rosarot. Nur einer hat einen schwarzen Pickel auf der Nase. Meinst du den? Darf man mit Nasenpickeln nicht Straßenbahn fahren? Oder heißt es Pickelnasen?«

»Ein Schwarzfahrer«, erklärte ich, »ist jemand, der ohne Fahrschein fährt.«

»Aber das geht doch gar nicht«, sagte Michell. »Wenn doch jeder einen haben muss.«

»Manche Leute halten sich nicht an Vorschriften.«

»Wieso?«

»Manche Leute sind eben nicht vernünftig.«

»Aber das sind doch nur Erwachsene. Warum sagen ihnen die Kinder dann nicht …?«

»Bei uns hören die Erwachsenen nicht auf Kinder.«

Darüber musste Michell lang nachdenken. Dann sagte es kopfschüttelnd: »Ihr seid wirklich ein komischer Planet.«

»Auf jeden Fall«, sagte ich, »gibt es wegen dieser

Schwarzfahrer Kontrolleure. Wer ohne Fahrschein erwischt wird, muss ein Bußgeld bezahlen, und wenn er das nicht tut, kommt die Polizei.«

»Die Polizei?«, fragte Michell. »Die kommt doch nur, wenn ein Bettler zu viel Geld im Hut hat?«

Die Katze und die Maus auf Michells T-Shirt hatten von der ständigen Fragerei genug. Sie hielten sich schon beide die Ohren zu. Ich konnte ihnen das nachfühlen. Aber als Erwachsener hat man seine Verpflichtungen, und deshalb versuchte ich, Michell die Sache zu erklären.

»Die Polizei ist dazu da, dass die Leute nichts Verbotenes tun.«

»Und wenn sie trotzdem …?«

»Dann werden sie eingesperrt.«

»Was ist das schon wieder?«

»Sie kommen hinter Gitter. So macht man das bei uns mit Verbrechern.«

»Aber …«

Wenn »Jemanden ein Loch in den Bauch fragen« nicht nur ein Ausdruck wäre, sondern wirklich so passieren würde, dann hätte man nach dieser Straßenbahnfahrt durch mich durchsehen können. Ich war froh, als wir endlich angekommen waren und aussteigen mussten.

Aber als wir dann vor dem Zooeingang standen, ging die Fragerei weiter.

»Was hat die Frau angestellt, dass man sie in diesem kleinen Gefängnis eingesperrt hat?«

»Das ist kein Gefängnis, das ist das Kassenhäuschen. Da kauft man sich seine Eintrittskarte. Jeder, der in den Zoo will, braucht eine Eintrittskarte.«

»Wie in der Straßenbahn?«

»Genau wie in der Straßenbahn.«

»Und wer keine hat, ist ein Schwarzbesucher?«

Die Frau an der Kasse zögerte einen Moment, als ich ein Erwachsenen- und ein Kinderbillett verlangte. »Bist du schon zwölf?«, fragte sie Michell.

Die Antwort kam fast ein bisschen beleidigt. »Schon seit mehr als vierhundert Jahren.«

»Süß«, sagte die Kassiererin. »In diesem Alter haben sie so wunderbar viel Phantasie.«

Weil es Sonntag war und schönes Wetter, waren sehr viele Leute im Zoo. Alle hatten großen Spaß an den Tieren. Eltern und Kinder drängten sich vor den Elefanten, die mit ihren langen Rüsseln nach hingehaltenen Erdnüsschen griffen. Die Seelöwen wurden bejubelt, wenn sie die Fische, die ihnen ein Wärter zuwarf, mit der Schnauze auffingen. Und am Affengraben …

Am Affengraben begann Michell plötzlich zu weinen.

Es schluchzte so herzzerreißend, dass ihm die Tränen nur so über die Wangen liefen. Die Katze und die Maus auf seinem T-Shirt schluchzten übrigens auch. Es wollte sich überhaupt nicht mehr trösten lassen, und die anderen Eltern warfen mir schon ganz vorwurfsvolle Blicke zu.

»Was ist denn? Was hast du denn?«, fragte ich schon zum dritten Mal. Mit tränenüberströmtem Gesicht wies Michell auf ein ganz junges Äffchen, das sich auf dem Rücken seiner Mutter in deren Fell festgekrallt hatte. »Ist das nicht furchtbar?«, sagte es schniefend.

»Was meinst du?«

»Der kleine Affe da!«

»Der sieht doch eigentlich ganz gesund und fröhlich aus.«

»So jung!«, sagte Michell und wischte sich den Rotz von der Nase. »Erst ein paar Tage alt und schon ein Verbrecher!«

»Wie bitte?«, sagte ich. Das heißt, um ehrlich zu sein: Ich sagte eigentlich gar nichts. Ich machte nur ein Gesicht, als ob ich »Wie bitte?« gesagt hätte. Oder noch genauer gesagt: »Wie bitte????????????
??????« Wenn man es mit Michell zu tun hatte, brauchte man jede Menge Fragezeichen.

»Was hat das Äffchen wohl angestellt?«, fragte Michell. »Eine Bank überfallen?«

»??????????????????«

»Oder ist es ohne Fahrschein Straßenbahn gefahren und konnte dann das Bußgeld nicht bezahlen?«

»Wovon redest du eigentlich?«

»Von dem kleinen Affen da. Von dem süßen kleinen Verbrecher-Affen.«

»Aber, Michell«, sagte ich, »ein Affe kann doch kein Verbrecher sein!«

»Warum ist er dann in diesem Gefängnis eingesperrt?«

»Das ist kein Gefängnis. Das ist der Affengraben.«

»Ich sehe da keinen Unterschied!«

»Pass auf, ich erklär es dir!« Ich wollte Michell ein bisschen zur Seite ziehen – die anderen Leute mussten ja nicht alles hören, was wir miteinander redeten –, aber die Maus auf seinem T-Shirt biss mich in den Finger, die Katze schlug mit der Pfote nach mir, und Michell riss sich los.

»Du musst mir gar nichts erklären!«, sagte es wütend. »Ich kann selber sehen, was das ist. Eine Gemeinheit ist das! Eine ganz große Gemeinheit! Angelogen hast du mich! Rabenschwarz angelogen! Noch viel schwärzer als der Pickel auf der Nase von dem Mann in der Straßenbahn! Aber da unternehme ich etwas dagegen! Darauf kannst du dich verlassen! Da unternehme ich etwas!«

Und damit lief es weg und verschwand im Gedränge der Zoobesucher.

Ein Löwe im Flur

Einen ganzen Tag lang suchte ich vergeblich nach Michell.

Zuerst natürlich im Zoo, aber dort fand ich es nirgends, nicht bei den Antilopen und nicht bei den Flamingos, nicht bei den Gibbons und nicht bei den Zebras. Auch im Aquarium mit den vielen bunten Fischen war keine Spur von ihm. Einmal meinte ich, ich hätte es hinter dem Stand mit den Süßigkeiten verschwinden sehen, aber als ich hinlief und es am Arm fasste, da war es ein ganz anderes Kind, das sofort zu weinen begann, weil es meinte, ich wollte ihm seine Zuckerwatte wegnehmen. Es hatte auch keine Katze und keine Maus auf seinem T-Shirt, sondern nur den Schriftzug *Mamas Liebling*.

Ich verließ also den Zoo, setzte mich in die Straßenbahn und fuhr in die Stadt zurück. So aufgeregt war ich, dass ich ganz vergaß, am Automaten einen Fahrschein zu kaufen. Ich war also ein Schwarzfahrer. Zum Glück kam kein Kontrolleur.

Den ganzen Nachmittag lang lief ich durch die Stadt, an all die Orte, wo Michell oft hingegangen war. Zuerst ans Flussufer, wo es gern die Möwen und Schwäne fütterte und sie irgendwie jedes Mal dazu brachte, sich um die Brotstückchen nicht zu balgen, sondern in ordentlicher Einerkolonne heranzupaddeln und zu warten, bis sie an der Reihe waren. Dann an den Bahnhofplatz, wo sich Michell stundenlang die Lichtreklamen ansehen konnte, am liebsten, wenn die noch gar nicht eingeschaltet waren, weil dann, hatte es mir einmal erklärt, die Farben, die man sich vorstellt, viel schöner sind als die wirklichen. Sogar in der großen Parkgarage am Marktplatz suchte ich es, weil es dort manchmal spazieren ging und mit den Autos plauderte. »Ohne ihre Fahrer fühlen sie sich sicher einsam«, war seine Begründung gewesen. »Sie brauchen ein bisschen Gesellschaft.«

Nirgends eine Spur von Michell.

Ich hätte natürlich zur Polizei gehen und eine Vermisstenanzeige aufgeben können. Aber wie hätte ich den Beamten erklären sollen, dass das gesuchte Kind von einem fremden Planeten kam und weder ein Junge noch ein Mädchen war? Wahrscheinlich hätten sie mich für betrunken gehalten und gleich eingesperrt.

Nein, da suchte ich besser allein weiter.

Ich rannte immer schneller durch die Stadt, weil ich Angst hatte. Nicht so sehr, dass Michell etwas zugestoßen sein könnte. Ich traute ihm zu, sich immer irgendwie durchzuschlagen. Nein, ich hatte viel mehr Angst, dass es etwas Dummes angestellt haben könnte. »Ich werde etwas unternehmen«, hatte es gesagt. Und wenn Michell etwas unternahm, waren das meistens ganz verrückte Sachen.

Es war Abend geworden, und meine Suche war erfolglos geblieben. Erschöpft und traurig stieg ich die Treppen zu meiner Wohnung hinauf, drehte den Schlüssel im Schloss – und erschrak, wie ich noch nie in meinem ganzen Leben erschrocken war.

Im Flur saß ein riesiges Ungeheuer mit einem Maul voll spitzer Zähne und fauchte mich drohend an.

Mir rutschte das Herz in die Hose und unten beim Hosenbein gleich wieder raus. So sehr fürchtete ich mich.

In meinem Flur, auf dem bunten Teppich, den ich einmal von einem Urlaub in Marokko mitgebracht hatte, saß ein wildes Tier!

Nein, nicht einfach ein wildes Tier.

Ein Löwe.

Mit einer dunkelbraunen Mähne.

Und gefletschten Zähnen.

»Du musst keine Angst haben«, sagte Michell. »Das ist Simba.«

Ja, Michell war auch da. Stand einfach neben dem Löwen und hatte gar keine Angst vor ihm. Kraulte ihn sogar hinter dem Ohr. Der Löwe schloss genüsslich die Augen. Aber als ich eine ganz kleine Bewegung machte, wirklich nur eine winzig kleine Bewegung, da riss er sie wieder auf, sprang auf mich los und brüllte. Sein Maul war so

nahe vor meinem Gesicht, dass ich seinen Atem riechen konnte. Er roch nach Erdbeeren. Später erfuhr ich, dass Michell ihn mit Marmeladebroten gefüttert hatte.

»Der darf hier rein, Simba«, sagte Michell. »Der wohnt hier.«

Der Löwe drehte sich um und machte es sich wieder auf dem Teppich im Flur bequem.

»Ist es nicht nett von ihm, wie er auf deine Wohnung aufpasst?«, fragte Michell.

Ganz, ganz vorsichtig drückte ich mich mit dem Hintern gegen die Wand. Der Flur ist eng, und wenn da ein ausgewachsener Löwe liegt, bleibt nicht mehr viel Platz übrig.

»Bist du verrückt geworden?«, zischte ich Michell zu. »Ein Löwe im Flur!«

»Im Wohnzimmer war kein Platz mehr«, sagte es freundlich lächelnd. »Dort habe ich den Schimpansen untergebracht.«

»Ein Schimpanse? In meinem Wohnzimmer? Ich hör wohl nicht recht! Und im Schlafzimmer ist wohl ein Elefant?«

»Nein, natürlich nicht«, sagte Michell beruhigend. »Nur ein Bär.«

»Ein was???????????«

Ich muss das so laut geschrien haben, dass der Löwe erschrak und wieder zu fauchen begann.

Michell sah mich vorwurfsvoll an. »Du darfst Simba nicht erschrecken. Wenn du so kreischst, meint er, du bist eine Hyäne. Und mit den Hyänen kommen die Löwen überhaupt nicht gut aus.«

»Wo kommen all die Tiere her?«, flüsterte ich.

»Aus dem Zoo«, sagte Michell, als ob das das Selbstverständlichste von der Welt wäre. »Aber du musst dir keine Sorgen machen. Es ist kein einziger Verbrecher darunter. Sie sind alle unschuldig. Nicht ein Einziger ist ohne Fahrschein Straßenbahn gefahren.«

Wenn ich mich beruhigen muss, brauche ich immer erst mal eine Tasse Kaffee.

Wir saßen am Küchentisch, und Michell versuchte mir zu erklären, warum der halbe Zoo in meiner Wohnung Quartier bezogen hatte.

»Du hast gesagt, dass nur Leute hinter Gitter kommen, die etwas angestellt haben. Die Tiere haben aber alle nichts angestellt. Also habe ich sie freigelassen.«

Ich fragte nicht, wie Michell das gemacht hatte. Unterdessen hatte ich mich daran gewöhnt, dass es über Fähigkeiten verfügte, die Kinder auf der Erde nicht haben. Und Erwachsene schon gar nicht.

»Aber warum hast du sie ausgerechnet in meine Wohnung gebracht?«

»Irgendwo müssen sie doch schlafen. Du hast

mir mal erklärt, dass man in ein Hotel immer seine Kreditkarte mitnehmen muss, und ich glaube, sie haben alle keine.«

»Trotzdem«, sagte ich und schenkte mir die zweite Tasse Kaffee ein. »Das geht doch nicht! Ein Löwe und ein Schimpanse und ein Bär!«

»Und die Riesenschlange natürlich.«

»Eine Schlange?« Vor Schreck kippte ich mir den heißen Kaffee über die Hose. »Wo ist eine Schlange?«

»Unter dem Küchentisch. Du hast die ganze Zeit deine Füße auf ihr abgestellt.«

Und tatsächlich: Unter dem Küchentisch lag eine riesige gelb-braune Schlange, zusammengerollt wie ein Gartenschlauch.

»Du brauchst keine Angst zu haben«, sagte Michell. »Sie schläft. Schlangen schlafen immer nach dem Fressen.«

»Womit hast du sie gefüttert? Auch mit Marmeladebroten?«

Michell sah mich an, als ob ich gerade etwas sehr, sehr Dummes gesagt hätte. Und wahrscheinlich hatte ich ja auch etwas Dummes gesagt. »Riesenschlangen fressen doch keine Marmeladebrote!«

»Was denn sonst?«

»Mäuse«, sagte Michell.

»Und wo, wenn du mir das bitte erklären würdest, hast du in meiner Wohnung eine Maus hergenommen?«

»Von meinem T-Shirt natürlich. Das ist sowieso viel besser, weil es keine richtige Maus ist. Da stört es sie sehr viel weniger, wenn sie gefressen wird.«

Von Michells T-Shirt winkte mir die Maus zu. Es hatte ihr scheinbar wirklich nicht geschadet.

»Wilde Tiere in meiner Wohnung – das geht nicht«, sagte ich. »Das geht auf gar keinen Fall! Sie müssen sofort in den Zoo zurück!«

»Das geht nicht«, sagte Michell. »Das geht auf gar keinen Fall! Dort werden sie nur wieder eingesperrt. Und das wäre nicht gerecht. Weil sie nämlich alle völlig unschuldig sind. Du kannst sie selber fragen.«

»Du weißt genau, dass ich die Sprache der Tiere nicht verstehe.«

»Stimmt«, sagte Michell nachdenklich. »Ich habe einen Moment lang ganz vergessen, dass du ja nur ein Erwachsener bist.« Es stützte nachdenklich den Kopf in die Hand. Auf seinem T-Shirt stützten die Katze und die Maus ebenfalls die Köpfe auf die Pfoten.

Nach kurzer Überlegung fasste Michell einen Entschluss. »Eigentlich ist es ja nicht in Ordnung«, sagte es, »weil man diese Sprache selber lernen muss. Aber weil das ein Notfall ist, könnte ich ja für einmal eine Ausnahme machen. Was meint ihr?«

Die Katze und die Maus nickten.

»Du darfst es aber meinen Lehrern nicht verraten«, sagte Michell. »Es ist nämlich ein bisschen wie schummeln.«

»*Was* ist wie schummeln?«

»Das, was ich jetzt mache.« Es bewegte seine Finger wie zum Klavierspielen und rief: »Simba!«

Und draußen auf dem Flur antwortete der Löwe laut und deutlich: »Ja, bitte?«

Wie der Löwe in den Zoo kam

Fragt mich nicht, wie der Trick funktioniert. Ich habe nicht die geringste Ahnung. Aber als Simba hereinkam und sich ganz manierlich neben dem Küchentisch auf den Boden setzte, verstand ich jedes Wort, das er sagte.

»Ich weiß wirklich nicht, warum man mich eingesperrt hat«, sagte er. »Ich war damals noch ein ganz kleines Löwenbaby. Noch nicht einmal eine Mähne hatte ich. Es war ein heißer Tag, und unsere ganze Löwenfamilie hatte es sich im Schatten eines Felsens bequem gemacht. Es ist nämlich so: Solange die Sonne mit voller Kraft scheint, ist die Zeit für die Jagd nicht günstig. Man muss warten, bis es Abend wird. Bis man den ersten Wind spürt.«

Seine Stimme klang jetzt ganz sehnsüchtig. Er hatte wohl Heimweh nach Afrika. »Ich würde so gern wieder einmal diesen Wind spüren«, sagte er. »Er ist ein bisschen salzig, weil er vom Meer herkommt. Wenn man sich an die Tiere anschleicht, muss er einem entgegenblasen. Sonst riechen sie einen zu früh und rennen weg. Das hat mir mein Vater beigebracht. Er war ein ganz berühmter Jäger. Einmal, als wir hinter einer Herde Impalas her waren, hat er –«

»Das ist alles sehr interessant, Simba«, unterbrach ihn Michell. »Aber wir möchten wissen, warum man dich eingesperrt hat.«

»Entschuldigung«, sagte der Löwe. »Ich komme immer so ins Schwärmen, wenn ich mich an diese Zeit erinnere. Weil es doch die einzig wirklich schöne Zeit in meinem Leben war.« Er wischte sich mit der Pfote eine Träne aus dem Augenwinkel. »Also, wir lagen im Schatten des Felsens, und ich hatte mich ganz nahe an meinen Vater gekuschelt. Er hatte das eigentlich nicht so gern, weil er doch der mächtigste Löwe weit und breit war und alle Angst vor ihm haben sollten. Aber an dem Tag hat er es mir erlaubt. Nur ein bisschen geknurrt hat er und seine Pfote über mich gelegt. Ich hätte stundenlang so daliegen können, mit meinen Eltern und meinem Bruder und –«

»Simba!«, rief Michell mahnend.

»Entschuldigung«, sagte der Löwe. »Also, wir lagen so da, und dann hörte man plötzlich ein Donnern. Kein richtiges Donnern, aber so etwas Ähnliches. Zuerst ganz leise und dann immer lauter. Es kam aber kein Gewitter. Das hatte ich damals schon gelernt: wie man ein Gewitter riechen kann, noch bevor es da ist. Aber an dem Tag hat man nichts gerochen. Nur einen Gestank, den keiner von uns gekannt hat. Im Zoo riecht es manchmal so, wenn die Wärter auf dem Tier mit den großen Rädern an unserem Käfig vorbeifahren.«

»Er meint ein Auto«, flüsterte mir Michell zu. Aber das hatte ich auch schon selber gemerkt.

»Der Boden fing an zu zittern«, erzählte Simba weiter, »wie wenn eine Herde Elefanten anfängt zu rennen. Nur dass sich kein Tier in ganz Afrika so bewegt. Am Horizont tauchte das seltsame Tier mit den vier Rädern auf und kam ganz schnell näher. Drei Menschen saßen auf dem Tier. Einer hatte ein Rad in der Hand, das er immer hin- und herdrehte. Die beiden anderen haben mit einer Art Stab auf uns gezeigt.«

»Das waren sicher Gewehre«, flüsterte Michell.

»Noch bevor wir wussten, ob wir davonlaufen oder uns verstecken sollten, schossen Blitze aus diesen Stäben. Das Fell meines Vaters fing an zu brennen, meine Mutter schrie, und mein Bruder hat sich überhaupt nicht mehr bewegt. Das große Tier mit den vier Rädern ist neben mich hingerollt, und plötzlich war ich in einem Netz gefangen. Je mehr ich zappelte, desto mehr verwickelte ich mich in seine Maschen.«

Einen Augenblick war es ganz still in der Küche. Dann fragte Michell: »Und wie bist du dann in den Zoo gekommen?«

»In einer Kiste«, sagte der Löwe. »Eine ganz enge Kiste, die nur ein winziges Fenster hatte, mit einem Gitter davor. Seither bin ich eingesperrt. Ein Fels, auf dem man liegen kann, ein abgestorbener Baum, um daran zu kratzen, und immer um die gleiche Zeit ein totes Stück Fleisch.«

Michell hatte noch eine Frage. »Die Menschen sagen, dass hier auf der Erde niemand eingesperrt wird, der nichts angestellt hat. Also, Simba, sag uns die Wahrheit! Hast du etwas Verbotenes getan? Einen Polizisten aufgefressen, vielleicht? Oder bist du ohne Fahrschein Straßenbahn gefahren?«

»Nein«, sagte der Löwe. »Überhaupt nichts dergleichen.«

»Du bist also unschuldig?«

»Ich weiß zwar nicht, was das Wort bedeutet, aber angestellt habe ich ganz bestimmt nichts. Und mein Vater auch nicht. Er war nur ein Jäger. Der beste Jäger in ganz Afrika. Sie haben ihm einfach ein Loch in sein Fell gebrannt. Und mich haben sie eingesperrt. Jeden Tag kommen Menschen und schauen mich an. Jeden Tag.« Und so leise, dass man es kaum hören konnte, fügte er hinzu: »Ich mag es nicht, wenn man mich anschaut.«

»Danke, Simba«, sagte Michell. Es klimperte mit seinen Fingern, und von einem Moment auf den anderen verstand ich nicht mehr, was Simba sagte.

Wie sehr ich ihn nicht mehr verstand, merkte ich, als ich ihn tröstend streicheln wollte. Er fletschte nämlich die Zähne und fauchte mich an.

»Löwen haben es nicht gern, wenn man ihnen zu nahe kommt«, sagte Michell. Simba knurrte noch einmal, schüttelte seine Mähne und verzog sich wieder in den Flur.

»Glaubst du mir jetzt?«, sagte Michell. »Man hat den armen Simba völlig unschuldig ins Gefängnis gesteckt.«

»Na ja«, widersprach ich, »zwischen einem Zoo und einem Gefängnis ist doch ein gewaltiger Unterschied.«

»Nicht, wenn man dort eingesperrt ist.«

»Trotzdem«, sagte ich. »Wir können die Tiere nicht einfach hierbehalten. Das geht einfach nicht in einer Wohnung! Ein Löwe und ein Schimpanse und ein Bär –«

»Die sind aber auch alle unschuldig. Der Schimpanse ist nur in eine ganz gemeine Falle getreten und war drei Tage eingeklemmt, bevor sie ihn herausgeholt und in den Zoo transportiert haben. Sein Bein tut ihm heute noch jedes Mal weh, wenn das Wetter umschlägt.«

»Das mag ja sein, aber –«

»Und der Bär hat nichts Schlimmeres getan, als ein bisschen Honig aus einem Bienenstock zu stibitzen. Und dafür hat er gleich lebenslänglich gekriegt. Seit fast zwanzig Jahren ist er jetzt schon im Zoo eingesperrt, und statt richtigen Honig kriegt er nur so einen scheußlichen Zuckerbrei.«

»Das versteh ich ja, aber –«

»Und die Schlange ist am allerschlimmsten dran. Sie ist im Zoo aus dem Ei gekrochen und weiß überhaupt nicht, was Freiheit ist. Wir müssen sie hierbehalten. Bitte, bitte, bitte! Nur die vier! Obwohl man natürlich auch die Elefanten und die Nashörner und die Tiger und die Stinktiere –«

»Nein!«, sagte ich, so streng ich konnte. »Die Tiere können nicht einfach bei uns einziehen.«

»Auch nicht vorübergehend? Nur bis alle Menschen wissen, dass sie unschuldig sind? Damit niemand mehr sie einfängt und hinter Gitter sperrt? Dann ziehen sie bestimmt ganz von selber wieder aus. In der freien Natur gefällt es ihnen sowieso besser. Der Bär freut sich schon riesig auf richtigen Honig. Und der Löwe fühlt sich im Stadtwald sicher wohl.«

»Hör zu, Michell!«, sagte ich. »Ein Löwe im Stadtwald – das ist völlig unmöglich. Die Polizei würde ihn –«

»Wieder einsperren? Aber wenn er doch unschuldig ist!«

»Viel schlimmer, fürchte ich. Sie würden ihn erschießen.«

»Warum?«

Es war eine so einfache Frage, aber die einfachen Fragen sind meistens die schwierigsten.

»Warum?«, wiederholte Michell.

»Weil Löwen gefährlich sind.«

»Aber doch nicht unser Simba!«

»Jeder Löwe. Zumindest glauben das die Menschen. Es würde eine Panik ausbrechen. Die Polizei würde ausrücken. Und die Armee.«

»Die würden Krieg führen gegen einen Löwen? Warum? Das verstehe ich nicht. Warum?«

Ich musste lang nachdenken, und was ich schließlich sagte, überzeugte mich selber so wenig, dass ich ein bisschen stotterte.

»Weil … weil sie Angst haben.«

Obwohl sie gar kein Löwe war, verschwand die Maus fluchtartig in ihrem Loch, das auch auf dem T-Shirt abgebildet war. Dann streckte sie noch einmal eine Pfote heraus und zog ihre Freundin, die Katze, hinter sich her. Ich musste sogar ein bisschen nachschubsen, weil die sonst gar nicht durch das enge Mauseloch gepasst hätte.

Michell war so tief in Gedanken versunken, dass es von alldem nichts bemerkte. »Ist das wirklich so auf eurem Planeten?«, fragte es schließlich. »Dass man aus lauter Angst einen Krieg anfängt?«

»Leider ja«, sagte ich und kam mir dabei furchtbar erwachsen vor. Mit anderen Worten: furchtbar dumm.

»Vor dem Bären hätten die Menschen auch Angst?«

»Ja.«

»Und vor der Riesenschlange?«

»Ganz bestimmt.«

»Aber doch nicht vor dem Schimpansen.«

»Vor dem vielleicht weniger. Aber wenn die Menschen einmal Angst haben, dann machen sie keinen Unterschied mehr. Dann gehen sie einfach auf alles los.«

»Das ist aber wirklich nicht intelligent«, sagte Michell.

Das alte Kind hatte damit natürlich völlig recht. Aber wir Menschen sind nun mal so, wie wir sind. Und darum bestand ich darauf, dass die Tiere in den Zoo zurückmussten. »Bevor ein Unglück passiert.«

»Aber sie haben sich so gefreut, dass sie endlich draußen sind.«

»Trotzdem.«

»Muss es sein?«

»Es muss sein.«

Ein Kind von der Erde hätte jetzt bestimmt stundenlang gebettelt oder getrotzt oder geweint. Bei Michell war das anders. Es saß nur ein paar Minuten ganz still da und dachte nach. Das lernt man auf seinem Planeten schon in der Schule.

Irgendwann hatte Michell fertig nachgedacht und war zu einem Entschluss gekommen. »Dass die Tiere in den Zoo zurückmüssen – das lässt sich scheinbar nicht ändern. Aber dann sollen sie sich wenigstens eine Nacht lang richtig gut amüsieren.«

»Was hast du jetzt schon wieder vor?«, fragte ich ein bisschen ängstlich.

Aber Michell hörte mich einfach nicht. Das ist ein Kunststück, das alle Kinder gut beherrschen, nicht nur auf seinem Planeten. Es tätschelte beru-

Nachdenkbuch für die 27. Klasse

Praktische Übung: Füll ein Glas mit dem Saft der Violetten Dornenbeere und trinke genau die Hälfte aus. Dann stell das Glas vor dir auf den Boden und schau es an. Denk zuerst daran, dass du noch ein halbes Glas voll herrlichem Beerensaft zu trinken hast. Stell dir genau vor, wie wunderbar dieses Getränk duftet, wenn man daran riecht, wie angenehm es im Mund kribbelt und wie süß der Saft schmeckt, wenn man ihn dann herunterschluckt. Denk daran, bis du ganz glücklich bist.

Jetzt trink noch nicht, sondern sieh das Glas gut an und denk daran, dass die Hälfte des Saftes schon unwiederbringlich verschwunden ist, dass du nur noch ein halbes Glas zu trinken hast und dann bald wieder Durst haben wirst, dass es sich eigentlich kaum lohnt, so einen schäbigen Rest überhaupt zu trinken. Denk so lange daran, bis du ganz traurig bist.

Dann schau dir das Glas an und merke wieder, dass es gar nicht halb leer, sondern halb voll ist. Mach diese Übung so lange, bis du ganz nach Wunsch glücklich oder traurig sein kannst.

Dann darfst du zur Belohnung das Glas austrinken.

higend meinen Arm und sagte: »Keine Panik – wenn der Zoo morgen früh aufmacht, sind sie alle wieder dort. Aber bis dahin … Auch Tiere müssen mal Urlaub haben!«

Auch Tiere brauchen Urlaub

Ich habe mich in dieser Nacht nicht wirklich ausgeruht. Jedes Mal, wenn ich einschlief, hatte ich denselben Traum: Ich saß mit Michell in der Straßenbahn, und neben uns saßen in einer Reihe der Bär, der Löwe, der Schimpanse und die Riesenschlange. Zuerst fuhren wir ganz friedlich in Richtung Zoo, aber dann kam plötzlich der Kontrolleur herein und fragte nach den Fahrkarten. Da stellte sich der Bär auf die Hinterbeine und brummte böse, der Löwe brüllte und peitschte drohend mit dem Schwanz, der Schimpanse trommelte sich auf die Brust, und die Riesenschlange sperrte ihr Maul ganz weit auf und wollte den Beamten in einem Haps verschlingen. Ob sie es auch wirklich getan hätte, kann ich nicht sagen, denn an dieser Stelle bin ich jedes Mal vor Schreck aufgewacht.

Michell kam erst nach Hause, als es draußen schon hell war und die Leute in ihren Autos zur Arbeit fuhren. Ich saß im Pyjama am Küchentisch und hatte schon sechs Tassen schwarzen Kaffee getrunken. Oder sieben. Auf alle Fälle zitterten meine Hände. Nur vom Kaffee natürlich. Erwachsene geben nicht gern zu, dass sie sich Sorgen machen.

»Gut, dass du schon wach bist«, sagte Michell. »Ich hab uns ganz frische Semmeln mitgebracht. Sechsunddreißig Stück. Zwei für dich und fünfunddreißig für mich.«

»Die Rechnung geht nicht auf!«

»Doch«, sagte Michell. »Du kriegst zwei, ich krieg vierunddreißig, und dann bettle ich dir noch eine ab.«

»Lass mich mit den Semmeln in Ruhe! Was ist mit den Tieren?« Ich war so nervös, dass ich meinen Kaffee umschmiss. »Sind sie wieder im Zoo?«

»Klar. Ich hab es doch versprochen.«

»Und was habt ihr getrieben, die ganze Nacht?«

»Oooch«, sagte das alte Kind und holte sich Butter und Erdbeermarmelade aus dem Kühlschrank. »Dinge erzählen, die man erlebt hat, ist langweilig. Die kennt man ja schon. Soll ich mir nicht lieber etwas anderes ausdenken?«

»Nein! Ich will ganz genau wissen, was ihr heute Nacht angestellt habt!«

»Dann hör es dir doch in den Nachrichten an«, sagte Michell und bestrich die erste Semmel fingerdick mit Butter.

Das machte mich noch viel nervöser. Wenn eine

Sache in den Nachrichten vorkommt, dann ist sie meistens schlecht ausgegangen. Ich schaltete ganz schnell das Radio ein, und eine Stimme sagte:

»Wie ein Sprecher des Zoologischen Gartens heute auf einer Pressekonferenz mitteilte, hat sich die Nachricht über das Verschwinden mehrerer Tiere als falsch herausgestellt. Die betreffenden Tiere, ein Löwe, ein Braunbär, ein Schimpanse und eine Boa Constrictor, befinden sich alle in ihren Käfigen.«

»Siehst du?«, sagte Michell.

»Es ist noch nicht bekannt«, fuhr der Nachrichtensprecher fort, »warum die Tiere irrtümlich als verschwunden gemeldet wurden.«

»Willst du mir die fünfunddreißigste Semmel gleich geben«, fragte Michell, »oder soll ich mit dem Betteln noch ein bisschen warten?«

»Ruhe! Ich will zuhören!«

»Aus der Stadt wird eine ganze Reihe von ungewöhnlichen Ereignissen gemeldet. Die Schaufenster einer Lederwarenhandlung wurden eingedrückt und mehrere Taschen und Koffer demoliert.«

»Das war die Schlange«, sagte das alte Kind. »Die war ganz schön sauer, als sie merkte, dass die Menschen aus Schlangenhaut Taschen machen. Bei einem Aktenköfferchen hat sie gesagt, das sei wahrscheinlich ihre Großmutter.«

Ich stellte das Radio lauter, um nichts zu verpassen. Der Sprecher fuhr fort:

»Ein Jogger meldete der Polizei, er sei bei einem Trainingslauf von einem riesigen Tier verfolgt worden.«

»Das war der Löwe.« Das alte Kind löffelte Marmelade auf eine Semmel. »Er wollte einfach mal wieder richtig rennen. Aber er war dann enttäuscht.«

»Hat ihm das Rennen nicht gefallen?«

»Doch, das schon. Aber der Jogger war viel zu langsam. Und ich habe ihm nicht erlaubt, ihn aufzufressen.«

»Die ungewöhnlichste Meldung jedoch«, sagte der Nachrichtensprecher, »erreichte uns aus einem Supermarkt, der in dieser Nacht von Einbrechern heimgesucht wurde. Die Täter drangen durch ein hoch gelegenes Fenster ein, scheinbar ohne eine Leiter zu benutzen.«

»Kaum zu glauben, wie gut der Bär klettern kann«, sagte das alte Kind mit vollem Mund. »Fast noch besser als der Schimpanse.«

»Du hast die Tiere einbrechen lassen?«

»Ich hab mir überlegt: Ausgebrochen sind sie ja schon. Da gleicht sich das wieder aus.«

Ich hätte da eine Menge einzuwenden gehabt, aber ich wollte keine Nachrichten verpassen.

»Merkwürdigerweise«, sagte der Sprecher gerade, »ließen die Einbrecher nur einen Fünfkiloeimer Blütenhonig und ein paar Kilo Bananen mitgehen.«

»Und drei Dutzend frische Semmeln«, sagte das alte Kind und griff nach dem nächsten Brötchen.

»Der Bär hat fünf Kilo Honig gefressen?«

»Mehr wollte er nicht. Er sagte, er habe heute keinen großen Appetit.«

»Ein Sprecher der Polizei gab bekannt, dass am Tatort zahlreiche Fingerabdrücke gefunden wurden. Sie werden im Moment mit denen in der Verbrecherkartei verglichen.«

»Meinst du, dass der Schimpanse in der Verbrecherkartei ist?«, fragte das alte Kind.

»Natürlich nicht. Ein Tier kann doch kein Verbrecher sein!«

»Aber eingesperrt haben sie ihn trotzdem. Ihr könnt einfach nicht logisch denken auf diesem Planeten.«

»Ruhe!«, sagte ich. »Ich will die Nachrichten weiterhören.«

»Das brauchst du jetzt nicht mehr«, meinte Michell. »Jetzt reden sie nur noch von einer blöden Konferenz.«

Auf seinem Planeten lernt man offensichtlich, Radiomeldungen zu hören, noch bevor sie gesendet werden. Tatsächlich sagte jetzt der Nachrichtensprecher: »Beim Treffen der europäischen Außenminister in Paris –« Ich schaltete ganz schnell aus.

»Ja«, sagte das alte Kind, »das war eine lustige Nacht.« Es reckte sich und gähnte, und die Katze und die Maus auf seinem T-Shirt gähnten und reckten sich auch.

»Lustig?«, sagte ich empört. »Ihr habt ein Schaufenster kaputtgemacht, habt einen Jogger zu Tode erschreckt, seid in einen Supermarkt eingebrochen und habt gestohlen. Dafür kann man ins Gefängnis kommen!«

»Na und? Die Tiere sind doch sowieso schon eingesperrt.«

»Und du?«

Michell zuckte die Achseln. »Wenn sie mich verhaften, sag ich einfach, sie sollen mich auch in den Zoo bringen. Dann bin ich wenigstens bei meinen Freunden. – Sag mal, bist du ganz sicher, dass du beide Semmeln essen willst? Ist das nicht ein bisschen zu viel für dich?«

Und dann aß es auch noch die fünfunddreißigste Semmel.

Mit Butter.

Und Erdbeermarmelade.

Der fünfhundertste Geburtstag

Ich hatte mich daran gewöhnt, Michell in meiner Wohnung zu Besuch zu haben. Von mir aus hätte es einfach immer so weitergehen können. Aber, wie das alte Kind mir einmal erklärt hat: Wenn man immer schon im Voraus wüsste, was passieren wird, dann müsste man es ja gar nicht mehr erleben. Und das wäre doch auch wieder schade. Bei ihm war man vor Überraschungen nie sicher.

Die größte erlebte ich ein paar Wochen später, als wir wieder mal zusammen beim Frühstück saßen und Semmeln aßen. Dreimal dürft ihr raten, mit was Michell seine bestrich.

Vielleicht hätte ich etwas merken müssen, denn das alte Kind trug zum ersten Mal ein T-Shirt, das es schon einmal angehabt hatte. Es war dasselbe, mit dem es am ersten Tag angekommen war. Das mit den Planeten, die sich um die Sonne drehten.

Aber ich merkte nichts.

Alles fing ganz harmlos an: »Du, Michell …«, sagte ich, und Michell antwortete: »Nicht jetzt. Ich habe den Mund voll.« Das stimmte auch, denn es hatte sich gerade eine ganze Erdbeermarmeladensemmel hineingestopft. Oder, wenn ich richtig gesehen hatte, sogar zwei.

»Man kann auch mit vollem Mund zuhören«, sagte ich.

»Können kann man schon. Aber es wäre Verschwendung.«

»Das verstehe ich nicht«, sagte ich. »Wieso ist es Verschwendung, sich beim Essen zu unterhalten?«

»Nicht bei jedem Essen«, sagte Michell und strich sich schon wieder die nächste Semmel. »Bei gekochtem Rosenkohl zum Beispiel überhaupt nicht. Weil ich den nämlich nicht so sehr mag. Da bin ich ganz froh, wenn du mich mit Reden ein bisschen von dem fiesen Geschmack ablenkst. Aber Semmeln mit Erdbeermarmelade, die habe ich sehr, sehr gern. Und wenn man etwas sehr, sehr gern hat, dann will man sich auch voll und ganz darauf konzentrieren.«

»Weil es sonst Verschwendung wäre?«

»Genau. Genussverschwendung. Und das ist viel schlimmer als Geldverschwendung. Geld ist etwas Langweiliges. Aber Semmeln mit Erdbeermarmelade – das ist die zweitbeste Erfindung auf eurem Planeten. Gleich nach den Büchern.«

(Ich finde auch, dass Bücher eine gute Erfindung

sind. Sonst hättet ihr ja heute gar nichts zu lesen gehabt.)

Bevor es in die nächste Semmel beißen und schon wieder nicht zuhören konnte, sagte ich schnell: »Wart bitte einen Augenblick! Ich muss etwas mit dir besprechen.«

»Was denn?«

»Meine Vermieterin kommt gleich her, die Frau Wertmüller. Da müssen wir einen guten Eindruck machen. Sie ist furchtbar wichtig für mich.«

»Weil sie so eine nette Frau ist?«

»Nein, nett ist sie eigentlich nicht.«

»Dann ist sie auch nicht wichtig.«

»Doch! Ich möchte, dass sie unsere Wohnung neu tapezieren lässt, und damit sie das tut, müssen wir besonders höflich zu ihr sein.«

»Wann kommt sie denn?«, wollte das alte Kind wissen.

»Gleich nach dem Frühstück.«

»Och, dann hat es ja noch Zeit«, sagte Michell. »Ich bin mit Frühstücken nämlich noch laaaaaaaaaange nicht fertig.« Und schob sich zwei Semmeln in den Mund. Diesmal sah ich ganz genau, dass es zwei waren.

»Wenn sie einverstanden ist«, sagte ich, »dann habe ich eine ganz tolle Idee. Während die Tapezierer im Hause sind, könnten wir zwei zusammen eine kleine Reise machen. Zum Beispiel in die Berge.«

»Das geht nicht«, sagte Michell mit vollem Mund.

»Oder ans Meer.«

»Das geht auch nicht.«

»Wohin möchtest du denn gern fahren?«, fragte ich.

»In die Berge oder ans Meer.«

»Warum sagst du dann, dass es nicht geht?«

»Weil morgen morgen ist.«

»Das verstehe ich nicht.«

»Morgen habe ich Geburtstag«, sagte das alte Kind.

Das war doch mal eine angenehme Überraschung! Zumindest dachte ich das in diesem Moment. »Das ist ja wunderbar!«, sagte ich. »Da machen wir zusammen ein Fest! Mit einem Geburtstagskuchen und mit Kerzen und –«

»Das geht auch nicht«, fiel mir Michell ins Wort und machte ein ganz ernstes Gesicht.

»Warum denn nicht?«

»Weil es kein gewöhnlicher Geburtstag ist.«

»Bei dir ist überhaupt nicht viel gewöhnlich«, sagte ich lachend. »Wie alt wirst du denn?«

»Fünfhundert Jahre«, sagte das alte Kind. »Tut mir leid, aber es lässt sich nun mal nicht ändern.«

»Das muss dir doch nicht leidtun.« Ich dachte nach. »Na ja, es wird ein bisschen schwierig werden, auf einem Kuchen Platz für fünfhundert Kerzen zu finden, aber sonst –«

»Auf meinem Planeten«, sagte Michell, schraubte die Dose mit der Erdbeermarmelade zu und schob den Korb mit den Semmeln zur Seite, »auf meinem Planeten ist der fünfhundertste Geburtstag ein ganz besonderer Tag.«

»Aber … aber … aber …«, sagte ich. Das alte Kind hatte es mal wieder geschafft: Ich fing an zu stottern. »Aber das heißt ja, dass du morgen schon wegfährst.«

»Nein«, sagte Michell. »Nicht morgen.«

»Gott sei Dank! Ich hatte schon gedacht –«

»Heute«, sagte Michell.

Wenn man vor etwas Angst hat oder darüber traurig ist, dann wird man gern wütend und macht den anderen Vorwürfe. »Und das sagst du mir erst jetzt?«, fragte ich deshalb empört.

Michell sah überhaupt nicht schuldbewusst aus. »Ich bin ja noch nicht weg.«

»Du hättest mir früher sagen müssen, dass du wegwillst!«

»Wieso?«

»Weil mich das traurig macht.«

»Das ist nicht sehr intelligent«, sagte das alte

Lebenskundebuch für die 74. Klasse

Eines der schönsten Ereignisse im Leben jedes Menschen ist sein 500. Geburtstag. An diesem Tag kommen die Kinder von ihren Erlebnisfahrten zurück und erzählen den anderen, was sie auf fernen Planeten gesehen und erlebt haben. Sie tauschen ihre Erfahrungen miteinander aus, so dass jeder über die glücklichen Erlebnisse der anderen glücklich und über ihre traurigen Erlebnisse traurig sein kann. Dieser Tag ist sehr wichtig, weil man hier Dinge kennenlernt, die man vorher noch nicht gekannt hat.

Jeder Mensch braucht regelmäßig neue Dinge, weil es ihm sonst langweilig wird. Und wer sich langweilt, wird nicht alt. Es ist deshalb noch nie passiert, dass ein Kind zu seinem 500. Geburtstag nicht nach Hause zurückgekommen ist.

Kind. »Wenn ich es dir früher gesagt hätte, wärst du nur länger traurig gewesen. Außerdem gibt es gar keinen Grund zum Traurigsein.«

»Du bist mein Freund«, sagte ich. Und das war auch wirklich wahr. Seit dem Tag, an dem es zum ersten Mal seinen Kopf durch meine Türe gesteckt hatte, waren Michell und ich Freunde geworden.

»Pass auf«, sagte das alte Kind. Es kletterte auf den Tisch und machte dort einen Kopfstand. Genau zwischen dem Korb mit den Semmeln und der Dose mit der Erdbeermarmelade. »So musst du es machen.«

»Mich auf den Kopf stellen?«

»Die Dinge andersherum ansehen.« Und schon saß Michell wieder auf seinem Stuhl. »Du musst nicht daran denken, dass ich von eurem Planeten fortgehe, sondern daran, dass ich alle meine Mitschüler wieder treffe. Das ist doch ein Grund, sich zu freuen.«

»Nicht für mich.«

»Du musst dir vorstellen, wie lustig wir Fünfhundertjährigen es dort haben werden. Das wird ein riesiges Fest! Ich freu mich jetzt schon drauf!«

»Du schon.« Ich war richtig wütend. Und traurig. Und wütend, weil ich so traurig war.

»Das verstehe ich jetzt nicht«, sagte das alte Kind. »Du hast doch gesagt, dass ich dein Freund bin. Und wenn ein Freund sich freut, dann freut sein Freund sich mit, weil sein Freund sich freut.« Es klang wie eine fröhliche Schnellsprechübung. Aber mir war nicht zum Lachen zumute.

»Natürlich«, sagte ich, »im Prinzip hast du ja recht. Aber –«

»Iss eine Semmel mit Erdbeermarmelade«, riet mir Michell. »Das macht immer gute Laune.«

»Mir ist der Appetit vergangen. Verstehst du denn nicht, dass man traurig wird, wenn ein netter Mensch einen verlassen will?«

»Aha«, sagte das alte Kind nachdenklich. »Und bei einem weniger netten Menschen wäre es einem egal? In dem Fall müsste ich ja nur –«

Es kam nicht mehr dazu, mir zu erklären, was es müsste, denn in genau diesem Augenblick klingelte es an der Wohnungstür.

Das alte Kind benimmt sich schlecht

Frau Wertmüller ist keine besonders nette Frau. Vielleicht liegt es daran, dass alle immer etwas von ihr wollen. Und obwohl sie manchmal furchtbar unhöflich ist und die Leute richtiggehend anschnauzt – ihr gehört nun mal das Haus, in dem ich wohne. Zu Vermieterinnen muss man höflich sein. Vor allem, wenn man etwas von ihnen will. Wie zum Beispiel neue Tapeten.

»Guten Tag, liebe Frau Wertmüller«, sagte ich deshalb. »Wie schön, dass Sie vorbeikommen konnten. Darf ich Ihnen den Mantel abnehmen? Und bitte kommen Sie doch zu uns in die Küche und machen Sie es sich bequem. Das ist Michell, und das ist Frau Wertmüller. Ich bin gleich wieder da.«

»Aber beeilen Sie sich«, sagte Frau Wertmüller. »Ich habe nicht viel Zeit.«

Bei aller Höflichkeit: Es wäre besser gewesen, wenn ich dageblieben wäre und ihr den Mantel nicht abgenommen hätte. Ich war damit gerade bei

der Garderobe im Flur angekommen, als ich aus der Küche ein Gespräch hörte.

Nein, es war kein Gespräch. Es war ein Streit.

Nein, es war noch viel schlimmer als ein Streit. Es war eine Schlägerei mit Worten.

»Man merkt, dass Sie nicht viel Zeit haben.« Das war Michell. »Sie haben sich ja nicht einmal gekämmt. Ihre Frisur sieht aus wie ein Vogelnest.«

»Ein Vogelnest??« Das war Frau Wertmüllers schrille Stimme.

»Obwohl ein anständiger Vogel sich schämen würde, seine Eier in so ein Durcheinander zu legen.«

»Da hört sich doch alles auf!«, sagte Frau Wertmüller empört.

»Nein«, antwortete Michell, »jetzt fängt es erst an.«

Ich hatte das alte Kind schon vorlaut erlebt. Auch schon stur oder besserwisserisch. Aber einfach so geradeheraus unhöflich – das passte überhaupt nicht zu ihm. Und ausgerechnet zu meiner Vermieterin war es so frech. Zu Frau Wertmüller, von der ich doch etwas wollte.

Ich eilte also in die Küche und sagte streng: »Michell! Was fällt dir ein?«

»Eine ganze Menge«, sagte Michell. »Zum Beispiel, dass die Frau Wertmüller einen ekligen Pickel auf der Nase hat.«

»Ich habe keinen Pickel!«, empörte sich Frau Wertmüller.

»Oh, Verzeihung«, sagte Michell. »Ich habe mich getäuscht. Das ist gar kein Pickel. Das ist Ihre Nase. Sieht nur aus wie ein ekliger Pickel.«

»Frechheit!«, schrie Frau Wertmüller.

»Das finde ich auch«, sagte das alte Kind. »Es ist

eine ausgesprochene Frechheit, mit so einem Gesicht herumzulaufen. Das verdirbt einem ja den Appetit.«

»Sie müssen entschuldigen«, versuchte ich sie zu beruhigen. »So ein Kind weiß ja nicht, was es sagt.«

»Und ob ich das weiß«, widersprach Michell. »Der Anblick hat mir den Appetit total verdorben. Vorher hatte ich Lust auf noch mindestens siebenundzwanzig Semmeln. Jetzt schaffe ich allerhöchstens noch fünfzehn.«

Ich versuchte schnell, das Thema zu wechseln. »Apropos Semmeln. Darf ich Ihnen auch eine anbieten, liebe Frau Wertmüller?«

»Kommt überhaupt nicht in Frage.« Michell zog den Korb mit den Semmeln auf seine Seite des Tisches. »Die ist schon dick genug.«

»Oh«, sagte Frau Wertmüller beleidigt.

»Richtig fett ist sie.«

»Oooohh!«

»Du hältst jetzt sofort den Mund!«, fuhr ich Michell an. Und sagte besonders freundlich zu Frau Wertmüller: »Setzen Sie sich doch bitte!«

Ich will niemanden falsch beschuldigen. Ich habe nicht wirklich gesehen, dass das alte Kind mit seinen Fingern Klavier gespielt hat. Aber dass der Stuhl einen Ruck nach hinten machte, genau in dem Moment, als sich Frau Wertmüller hinsetzen wollte – das habe ich mitgekriegt. Und dass Frau Wertmüller dann mit dem Hintern auf dem Küchenboden saß, das auch.

»Jemand hat mir den Stuhl weggezogen«, schimpfte sie, als ich ihr wieder auf die Beine half.

»Glaub ich nicht«, sagte Michell von der anderen Seite des Tisches. »Sie sind doch einfach zu blöd, um sich richtig hinzusetzen.«

»Du sagst jetzt kein Wort mehr!« Ich gebe es zu: Am liebsten hätte ich dem alten Kind in diesem Moment eine Ohrfeige verpasst. Es benahm sich ja auch wirklich unmöglich.

»Also, was wollen Sie von mir?«, schnauzte Frau Wertmüller. Sie rieb sich immer noch den schmerzenden Hintern. Nicht der ideale Moment, um sie um neue Tapeten zu bitten.

»Trinken Sie doch erst einmal einen Kaffee«, sagte ich deshalb. »Sehen Sie, ich habe ihn schon eingeschenkt. Ein bisschen Milch dazu?«

»Nur Zucker«, sagte Frau Wertmüller und setzte sich ganz, ganz vorsichtig hin.

Diesmal sah ich ganz genau, wie Michell seine Finger bewegte. Als ob es auf einem unsichtbaren Klavier eine kleine Melodie spielen wollte. Ich sah nur nicht, was sein Zaubertrick bewirkte. Das merkte ich erst, als Frau Wertmüller drei Löffel Zucker in ihren Kaffee geschaufelt hatte und einen

Schluck davon nahm. Sie spuckte die Mischung nämlich gleich wieder in die Tasse zurück.

»Ääääää!«, sagte sie. »Das ist ja Salz!«

»Das ist doch nicht möglich!« Ich steckte den Zeigefinger in die Zuckerdose, leckte ihn ab und musste feststellen: tatsächlich Salz! »Tut mir leid!«, sagte ich verlegen.

So leicht ließ sich Frau Wertmüller nicht beruhigen. »Hören Sie mal«, sagte sie mit einer Stimme, die kälter war als das Gefrierfach meines Kühlschranks, »es gibt genügend Leute, die eine Wohnung suchen und sich keine dummen Scherze mit ihren Vermieterinnen erlauben. Wenn Sie also ausziehen wollen …«

»Nein«, sagte ich flehend, »das war doch keine Absicht. Ein kleines Versehen, das ist alles. Warten Sie, ich bringe Ihnen gleich eine andere Tasse!«

Während ich zum Küchenschrank ging, holte Frau Wertmüller eine Kopie meines Mietvertrags aus der Tasche und begann darin zu blättern. Ich hatte den Rücken zum Tisch und konnte nicht sehen, was das alte Kind in diesem Augenblick machte. Aber ich bin ganz, ganz sicher, dass es schon wieder auf seine besondere Weise Klavier gespielt hatte. Denn Frau Wertmüller schrie plötzlich auf und starrte mit weit aufgerissenen Augen auf das Papier in ihrer Hand.

»Das ist doch … das ist doch … das ist doch …«, stammelte sie. Früher oder später fingen fast alle Leute zu stammeln an, wenn sie mit Michell zu tun hatten.

»Ist etwas passiert?«, fragte ich.

Aber Frau Wertmüller brachte vor lauter Aufregung kein Wort mehr heraus und hielt mir nur stumm das Papier hin. Und ich muss zugeben: Wenn ich sie gewesen wäre, hätte ich wohl auch zu stammeln begonnen.

Der Vertrag sah auf den ersten Blick ganz gewöhnlich aus. Aber was darin stand, war nicht der Text, den Frau Wertmüller und ich damals unterschrieben hatten. Nein, das war etwas ganz anderes.

»Paragraph 1«, stand da. »Frau Wertmüller ist eine doofe Kuh. Paragraph 2: Eine dumme Gans ist sie auch. Paragraph 3: Und ein fettes Schwein ebenfalls.« Und so ging es weiter, quer durch das Tierreich. Was vorher einmal ein Vertrag gewesen war, war jetzt nur noch eine einzige schriftliche Beleidigung.

»Das ist … das ist … das ist ja …« Frau Wertmüller stotterte.

Das alte Kind kicherte.

Frau Wertmüller sprang auf, so heftig, dass ihr Stuhl dabei umfiel, schnappte sich den Vertrag mit den vielen Beleidigungen und rannte hinaus. Ich hinterher. Aber als ich im Flur angekommen war, hatte sie sich schon ihren Mantel von der Garderobe geschnappt und die Tür zum Treppenhaus hinter sich zugeknallt.

Wegen der neuen Tapeten hatte ich sie noch nicht einmal fragen können.

Ich kam in die Küche zurück, wo Michell immer noch kicherte. »Bist du das gewesen?«, fragte ich. »Hast du all diese neuen Paragraphen in den Mietvertrag gezaubert?«

»Klar«, sagte das alte Kind ganz stolz. »Genau wie das Salz in die Zuckerdose. Und den Stuhl habe ich ihr auch unter dem Hintern weggezogen, hihihi.«

So kannte ich Michell überhaupt nicht, und das sagte ich ihm auch.

»Du kennst noch vieles nicht, du Blödmann«, war seine Antwort. »Du hast zum Beispiel noch nie eine fliegende Untertasse gesehen.« Michell nahm eine Untertasse vom Tisch und schmiss sie gegen die Wand. Das Porzellan zersplitterte in tausend Stücke.

»Hör sofort auf!«, schrie ich.

»Noch nicht. Erst zeige ich dir noch die fliegende Kaffeekanne.«

»Nein!!!«

Aber schon flog die Kanne der Untertasse hinterher. Diesmal gab es nicht nur Scherben, sondern auch einen riesigen Kaffeefleck an der Wand.

Und mir rutschte die Hand aus, und ich gab Michell eine Ohrfeige. Obwohl man Kinder doch nie, nie, nie schlagen sollte.

Erwachsene übrigens auch nicht.

Zu meiner Überraschung schien Michell damit ganz zufrieden zu sein. »Bin ich jetzt nicht mehr dein Freund?«, fragte es.

»Wenn du dich so benimmst, ganz bestimmt nicht.«

»Dann ist ja gut«, sagte das alte Kind und grinste plötzlich gar nicht mehr fies, sondern war wieder so freundlich wie immer. »Es ist nämlich richtig anstrengend, sich so schlecht zu benehmen.«

Auch erinnern kann man lernen

Als ich verstand, was sein Plan gewesen war, musste ich so lachen, dass ich gar nicht mehr dazu kam, traurig zu sein.

Michell spielte ein bisschen Klavier in der Luft, und dann war die Untertasse wieder ganz. Die Kaffeekanne auch. Und der große braune Fleck an der Wand war auch verschwunden.

»Ist jetzt alles wieder in Ordnung?«

»Beinahe«, sagte ich. »Nur Frau Wertmüller …«

Aber genau in dieser Sekunde klingelte das Telefon. Und wer war am Apparat? Genau! Meine Vermieterin.

»Ich bitte sehr um Entschuldigung«, sagte Frau Wertmüller und war so nett, wie ich sie noch nie erlebt hatte. »Mir ist völlig entfallen, dass wir ja heute Morgen in Ihrer Wohnung verabredet waren. Können wir es bitte auf morgen verschieben?«

»Hast du jetzt gemacht, dass sie gar nicht hier gewesen ist?«, fragte ich staunend, als ich wieder eingehängt hatte.

Das alte Kind schüttelte den Kopf. »Hier gewesen ist sie schon. Ich habe nur dafür gesorgt, dass sie es vergessen hat. Soll ich das auch bei dir machen?«

»Was?«

»Dich vergessen lassen, dass ich bei dir zu Besuch war. Dann müsstest du auch nicht traurig sein, dass ich wieder weg bin.«

Aber das wollte ich natürlich nicht. Oder hättet ihr ein so nettes Wesen vergessen wollen?

Eben!

Ich holte sogar meinen Fotoapparat, um zur Erinnerung ein Bild von Michell zu machen. Und musste feststellen, dass es so ein Gerät noch nie gesehen hatte.

»Was ist denn das für ein komisches silbernes Kästchen?«, fragte es.

»Mein Fotoapparat.«

»Und wozu brauchst du den?«

»Damit ich mich später an den heutigen Tag erinnern kann.«

»Das ist interessant«, sagte das Kind. »Davon stand ja gar nichts in meinem Reiseführer. Ihr habt also auf diesem Planeten euer Gedächtnis nicht im Kopf, sondern müsst es jedes Mal extra einpacken.«

»Nein«, sagte ich, »mit dem Gedächtnis hat das überhaupt nichts zu tun.«

»Wozu brauchst du diesen Apparat dann sonst?«

»Um Bilder zu machen. Damit ich sie mir später ansehen kann.«

»Wozu?«

»Eben, um mich an dich zu erinnern.«

»Das verstehe ich nicht«, sagte Michell. »Jetzt hast du doch gerade gesagt, dass du dazu keinen Apparat brauchst.«

»Pass auf«, versuchte ich zu erklären. »Es gibt eben verschiedene Arten von Erinnerung.«

»Zum Beispiel?«

»Zum Beispiel … äh … zum Beispiel … Wir waren doch letzte Woche zusammen in der Stadt, um neue Erdbeermarmelade einzukaufen. Das weißt du doch sicher noch.«

»Klar«, sagte Michell.

»Aber an all die Leute, die wir unterwegs gesehen haben – an die erinnerst du dich nicht mehr so genau.«

»Natürlich erinnere ich mich an die.«

»Klar, so im großen Ganzen. Aber nicht im Detail.«

»Wieso denn nicht?«

»Weil das völlig unmöglich ist!«, sagte ich. »An so einem Tag trifft man ein paar Hundert Leute.«

»An dem Tag, an dem wir die Marmelade kauften, waren es genau eintausendvierhundertdreiundfünfzig. Und zweiundvierzig Hunde.«

Ich lachte. Wenn Erwachsene etwas nicht verstehen, lachen sie gern darüber. Kinder übrigens auch. Aber nur die von unserem Planeten. »So genau kannst du das gar nicht wissen«, sagte ich.

Michell war ganz beleidigt. »Ich kann doch wohl noch bis eintausendvierhundertdreiundfünfzig zählen.«

»Also gut, vielleicht hast du sie gezählt. Aber du kannst dich nicht an jeden Einzelnen erinnern.«

»Klar kann ich das«, sagte das alte Kind und begann aufzuzählen. »Als wir aus dem Haus kamen, ging von links nach rechts ein Mann an uns vorbei, der hatte schwarze Schuhe an. Beim linken Schuh war die Sohle schon ganz durchgetreten. Dazu trug er braune Socken, die gar nicht richtig zu den Schuhen passten, und einen dunkelblauen Anzug. Der oberste Knopf an seinem Hemd stand offen, und die Krawatte hatte er ein bisschen heruntergezogen, wahrscheinlich, weil es so heiß war. Genau achtundzwanzigeinhalb Grad. An seinem Gesicht konnte man sehen, dass er Sorgen hatte, aber nicht allzu schlimme, und die Haare hatte er mit Gel an den Kopf geklebt, was ziemlich blöd aussah, weil er nämlich gar nicht mehr so viele Haare zum Ankleben hatte.«

»Das weißt du alles noch?«, fragte ich staunend.

»Natürlich«, sagte Michell und fuhr mit seiner

Aufzählung fort: »Nummer zwei und drei waren eine Frau und ihr kleines Baby. Die Frau ging zu Fuß, und das Baby ließ sich in einem Kinderwagen schieben. Eigentlich waren es ja Nummer zwei, drei und vier, denn im Bauch der Frau war noch ein viel kleineres Baby, aber das zähle ich nicht mit, weil es ja noch nicht geboren war. Die Frau hatte es sehr eilig, das konnte man daran sehen, dass sie sich jedes Mal ärgerte, wenn ihr jemand den Weg versperrte, und das Baby hatte gerade in die Windeln gemacht und fand das warme Gefühl an seinen Beinen eigentlich sehr angenehm. Der vierte Mensch, der uns begegnete …«

Ich konnte nicht fassen, was ich da hörte. »Du erinnerst dich tatsächlich an all die Leute?«

»Du nicht? Der vierte Mensch war ein alter Mann, der war früher wohl einmal dick gewesen und hatte dann ganz viel abgenommen, denn seine Haut war ihm zu weit geworden, vor allem im Gesicht. Deshalb rasierte er sich auch nicht mehr gern und hatte ganz viele weiße Stoppeln am Kinn. Der fünfte Mensch …«

Wahrscheinlich hätte mir Michell die ganzen eintausendvierhundertdreiundfünfzig Menschen, denen wir an jenem Tag begegnet waren, einzeln aufzählen können.

»Okay, ich glaub's dir«, unterbrach ich es. »Obwohl ich nicht verstehe, wie du es geschafft hast, sie dir alle einzuprägen.«

»Das ist doch nicht so schwierig«, sagte Michell. »Ich habe sie mir einfach angesehen.«

»Ich habe sie auch angesehen. Aber deshalb weiß ich sie doch nicht alle auswendig.«

Das alte Kind war ganz überrascht. »Wenn du dir etwas ansiehst«, fragte es, »machst du dir dann im Kopf nicht ein Bild davon?«

»Doch, schon. Nur nicht so ein genaues.«

»Aber deine Kamera macht genaue Bilder?«

»Sehr genaue.«

»Dann ist ein Fotoapparat also so eine Art Ersatzauge, weil ihr Menschen allein nicht gut genug gucken könnt?«

»Vielleicht könnte man das so sagen«, gab ich zu.

Michell dachte nach. Und dann fragte es mich ganz schüchtern: »Du bist mir aber nicht böse, wenn ich auch weiterhin selber gucke? Wir haben das in der Schule halt so gelernt.«

Sehkundebuch
für die 33. Klasse

Erste und einzige Seite

Finde ein Nest des Kerula-Käfers und beobachte die Tiere jeden Tag eine Stunde lang. Am Ende des Jahres musst du folgende Fragen jederzeit auf den ersten Blick beantworten können:

a. *Wie viele der grünen Käfer mit den goldenen Punkten sind gerade im Nest?*
b. *Welche dieser Käfer haben Hunger und worauf?*
c. *Wo im Nest befindet sich der älteste und wo der jüngste Käfer?*

Damit die Aufgabe nicht zu schwer wird, solltest du dir ein Nest mit weniger als zehntausend Käfern aussuchen. Bis zu hunderttausend Käfer beobachten wir erst in der nächsten Klasse.

Wenn ein Buch zu Ende ist, holt man sich ein neues

Unser Gespräch über das Erinnern hatte einen großen Vorteil: Michell stellte fest, dass es ganz viele Dinge auf unserem Planeten noch nicht kennengelernt hatte, und versprach deshalb wiederzukommen.

Irgendwann einmal.

Und dann ging alles sehr schnell. (Darum ist dieses letzte Kapitel auch so kurz.) Seine Sachen hatte das alte Kind schon gepackt. Das ist ja kein großes Problem, wenn man einen Beutel hat, der sich zusammenlegen lässt, wenn er schon voll ist. Es nahm sich auch ein Mitbringsel von der Erde mit: einen großen Eimer voll Erdbeermarmelade. Den wollte es beim Fest auf seinem Planeten auftischen. Es war dort nämlich der Brauch, dass jeder von seiner Forschungsreise etwas mitbrachte.

Mir wollte es zum Andenken auch etwas schenken. Den Koffer voller Hände, den es auf die Erde mitgebracht hatte.

Ich habe den Koffer dann aber doch lieber nicht genommen. Ich meine: So ein paar Hundert Hände, damit kann man nicht wirklich etwas anfangen. Und ein ganz klein bisschen eklig wäre es auch.

Dafür hat das Foto, das ich am letzten Tag von Michell gemacht habe, eine ganz besondere Eigenschaft. Es sieht jedes Mal, wenn man es anschaut, ein bisschen anders aus. Manchmal lächelt das alte Kind, und manchmal macht es ein ganz ernstes Gesicht. Meistens lächelt es. So, wie es das am liebsten gemacht hat.

Zum Abschied haben wir uns umarmt. Das sei auf seinem Planeten zwar nicht üblich, sagte das alte Kind, aber es sei ein sehr vernünftiger Brauch, den man anderswo im Weltall ruhig auch einführen sollte. »Besonders auf dem Wasserplaneten«, meinte es, »wo die Leute aussehen wie Tintenfische. Die können dann nicht nur zwei Arme um den andern legen, sondern ein ganzes Dutzend.«

Beim Hinausgehen vergaß Michell, die Türe aufzumachen, und marschierte einfach quer durch das Holz. Ich weiß nicht, ob es mit seinen Gedanken schon wieder bei sich zu Hause war oder ob es mich noch einmal an unsere erste Begegnung erinnern wollte. Damals, als ich so furchtbar erschrocken war, weil es seinen Kopf durch die Türe steckte.

»Mein Raumschiff wird gleich vor dem Haus vorbeikommen«, hatte das alte Kind gesagt. Aber als ich aus dem Fenster schaute, konnte ich kein Raumschiff entdecken. Nur ein ganz gewöhnlicher Bus kam angefahren, in den Michell einstieg. Bevor sich die Türe wieder schloss, drehte es sich noch einmal um und winkte mir zu.

Es war wohl doch kein gewöhnlicher Bus. Gewöhnliche Busse erheben sich nach dem Losfahren nicht in die Luft und fliegen direkt auf die Sonne zu. Ich konnte ihm gar nicht richtig nachschauen, weil mich das Licht so blendete. Und bis ich meine Sonnenbrille geholt hatte, war der Bus verschwunden.

Irgendwann, vielleicht, wird das alte Kind wieder auftauchen. Bei mir oder bei euch. Wenn es um Michell geht, muss man mit jeder Art von Überraschungen rechnen.

Bis es so weit ist, habe ich meine Erinnerungen. Die Geschichten, die ich euch hier erzählt habe, und eine Menge anderer, die in diesem Buch keinen Platz mehr gefunden haben. Zum Beispiel die Geschichte, wie wir einmal miteinander Urlaub gemacht haben. Oder wie Michell all diese vielen Kraftriegel einkaufte und sie dann wieder zurückgeben wollte. Oder …

Aber eigentlich ist es ja gut, wenn man nicht alle Geschichten auf einmal erzählt. »Das Allerbeste an einem Buch«, sagte das alte Kind, »ist doch, dass man sich immer schon aufs nächste freuen kann.«

»Der Diogenes Verlag will durch lesbare Literatur unterhalten, durch Neues vor den Kopf stoßen, aber auch Altes neu entdecken; das ›Neue um des Neuen willen‹ übersehen und so das Modische vom Modernen unterscheiden. So viel wirklich Neues kann es gar nicht geben. Echte Avantgarde, sagt Karl Kraus, ist nichts anderes als der mutige Rückschritt zur Vernunft – und an das Neue, das nur aussieht wie das Alte, muss man sich erst gewöhnen.«

DANIEL KEEL

204 deutsche Volks- und Kinderlieder
Gesammelt von Anne Diekmann unter Mitwirkung von Willi Gohl
Mit 156 bunten Bildern von Tomi Ungerer
240 Seiten

Dieses große Hausbuch ist Liederbuch und Bilderbuch in einem: über 200 deutsche Volks- und Kinderlieder mit Originaltexten und -melodien sind vom Meister des Kinderbuchs Tomi Ungerer aufwendig und wunderschön illustriert worden. Mit mehr als 150 farbigen Bildern wird die Welt der Musik lebendig, und das Singen und Vorsingen gerät zu einer märchenhaften Reise. Ein umfangreicher und opulent ausgestatteter Prachtband, ein Hausbuch für Kinder und Erwachsene, der als Klassiker nirgendwo fehlen darf.

Kinderbuch
Mit vielen farbigen Zeichnungen von Tomi Ungerer
256 Seiten
Auch erhältlich als eBook

Wer kennt sie nicht, das Heidi und ihren Alm-Öhi, den Geißenpeter und Klara aus Frankfurt, Fräulein Rottenmeier und Herrn Sesemann. Sie alle sind Teil der liebevollen Geschichte um ein kleines Mädchen, das durch seine arglose und neugierige Art jedes Herz gewinnt. Ein Juwel der Kinderliteratur mit teilweise farbigen Illustrationen von Tomi Ungerer.